▲ 蛋黄蛋白吃光了,用清水把鸭蛋壳里面洗净,晚上捉了萤火虫来,装在蛋壳里,空头的地方糊一层薄罗。萤火虫在鸭蛋里一闪一闪地亮,好看极了!

下过大雨，你来看看葡萄园吧，那叫好看！白的像白玛瑙，红的像红宝石，紫的像紫水晶，黑的像黑玉。一串一串，饱满、挺括，璀璨琳琅。

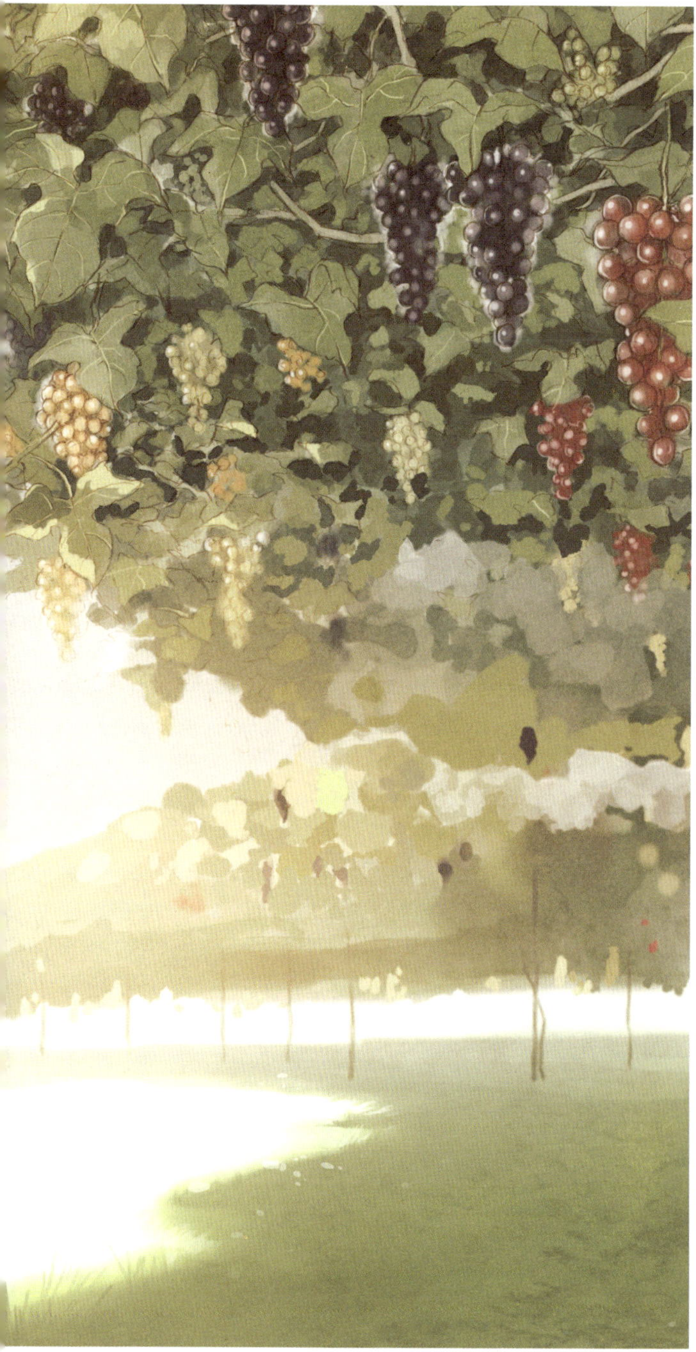

▲ 昆明的雨季是明亮的、丰满的，使人动情的。城春草木深，孟夏草木长。昆明的雨季，是浓绿的。草木的枝叶里的水分都到了饱和状态，显示出过分的、近于夸张的旺盛。

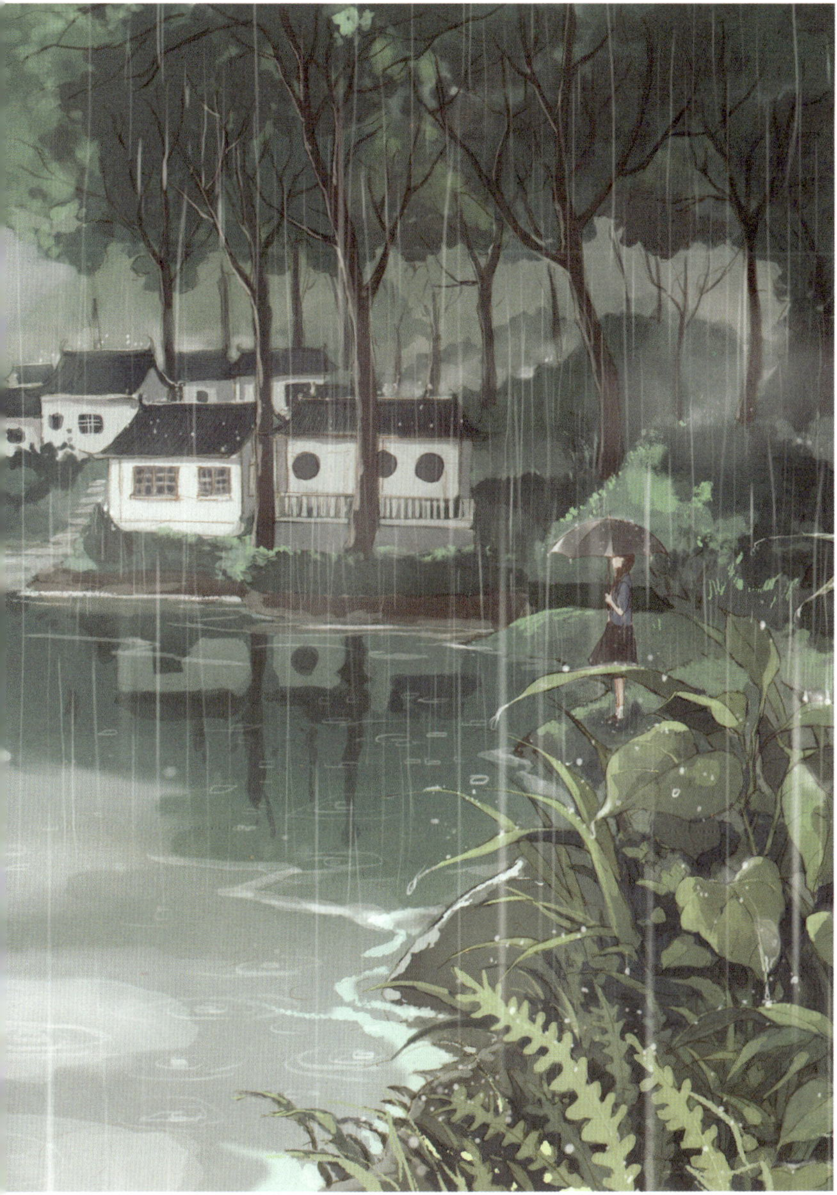

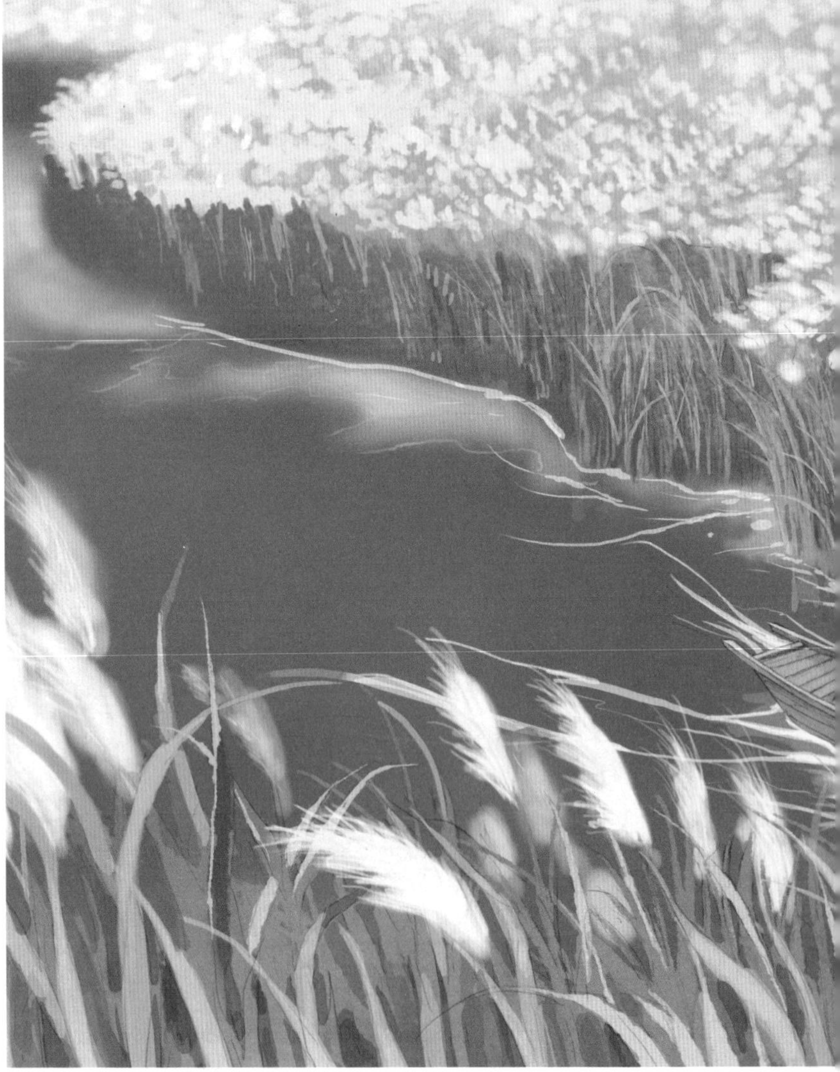

野菱角开着四瓣的小白花。惊起一只青桩（一种水鸟），擦着芦穗，扑鲁鲁鲁飞远了。

▲ "山丹丹长一年,多开一朵花。你看,十三朵。"山丹丹记得自己的岁数。

新知文库

人间草木

汪曾祺 著

RENJIAN CAOMU

©中南博集天卷文化传媒有限公司。本书版权受法律保护。未经权利人许可,任何人不得以任何方式使用本书包括正文、插图、封面、版式等任何部分内容,违者将受到法律制裁。

图书在版编目（CIP）数据

人间草木 / 汪曾祺著. -- 长沙：湖南文艺出版社，2024.7. --（新知文库）. -- ISBN 978-7-5726-1898-7

Ⅰ. I267

中国国家版本馆 CIP 数据核字第 2024FV4211 号

上架建议：文学

XINZHI WENKU RENJIAN CAOMU
新知文库　人间草木

著　　者：汪曾祺
出 版 人：陈新文
责任编辑：吕苗莉
监　　制：李　炜　张苗苗　文赛峰
策划编辑：李孟思
特约编辑：丁　玥
营销编辑：付　佳　杨　朔
版权支持：张雪珂
封面设计：梁秋晨
内文插图：starry 阿星
封面插图：starry 阿星
版式排版：金锋工作室
出　　版：湖南文艺出版社
　　　　　（长沙市雨花区东二环一段 508 号　邮编：410014）
网　　址：www.hnwy.net
印　　刷：北京天宇万达印刷有限公司
经　　销：新华书店
开　　本：875 mm×1230 mm　1/32
字　　数：143 千字
印　　张：7.5
插　　页：4
版　　次：2024 年 7 月第 1 版
印　　次：2024 年 7 月第 1 次印刷
书　　号：ISBN 978-7-5726-1898-7
定　　价：29.80 元

若有质量问题,请致电质量监督电话：010-59096394
团购电话：010-59320018

目　录

contents

卷一　————　**人间草木** / 001

花园 / 002

葡萄月令 / 014

昆明的雨 / 022

人间草木 / 027

昆虫备忘录 / 033

下大雨 / 039

卷二 —— 美食美味 / 041

黄油烙饼 / 042

故乡的食物 / 053

萝卜 / 071

五味 / 077

豆腐 / 083

手把肉 / 092

卷三 —— 故人时事 / 097

故里三陈 / 098

跑警报 / 114

沈从文先生在西南联大 / 124

金岳霖先生 / 134

多年父子成兄弟 / 140

卷四 ——— **品味人生** / 145

受戒 / 146

异秉 / 172

岁寒三友 / 188

鉴赏家 / 212

职业 / 222

胡同文化 / 228

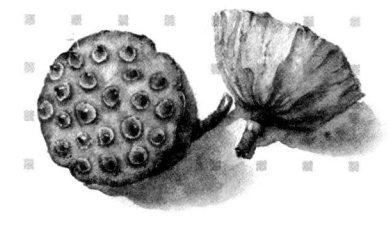

卷一 | 人间草木

花园

茱萸小集二

在任何情形之下,那座小花园是我们家最亮的地方。虽然它的动人处不是,至少不仅在于这点。

每当家像一个概念一样浮现于我的记忆之上,它的颜色是深沉的。

祖父年轻时建造的几进,是灰青色与褐色的。我自小养育于这种安定与寂寞里。报春花开放在这种背景前是好的,它不致被晒得那么多粉。固然报春花在我们那儿很少见,也许没有,不像昆明。

曾祖留下的则几乎是黑色的,一种类似眼圈上的黑色(不要说它是青的)里面充满了影子。这些影子足以使供在神龛前的花消失。晚间点上灯,我们常觉那些布灰布漆的大柱子一直伸拔到无穷高处。神堂屋里总挂一只鸟笼,我相信即是现在也挂一只的。那只青裆子永远眯着眼假寐(我想它做个哲学家,似乎身子太小了)。只有巳时将尽,它唱一会儿,洗个澡,抖下一团小雾在伸展到廊内片刻的夕阳光影里。

一下雨,什么颜色都郁起来,屋顶,墙,壁上花纸的图案,甚至鸽子:铁青子,瓦灰,点子,霞白。宝石眼的好处这时才显出来。于是我们,等斑鸠叫单声,在我们那个园里叫。等着一棵榆梅稍经一触,落下碎碎的瓣子,等着重新着色后的草。

我的脸上若有从童年带来的红色,它的来源是那座花园。

我的记忆有菖蒲的味道。然而我们的园里可没有菖蒲呵?它是哪儿来的,是那些草?这是一个无法解决的问题。但是我此刻把它们没有理由地纠在一起。

"巴根草,绿阴阴,唱个唱,把狗听。"每个小孩子都这么唱过吧。有时什么也不做,我躺着,用手指绕住它的根,用一种不露锋芒的力量拉,听顽强的根胡一处一处断。这种声音只有拔草的人自己才能听得。当然我嘴里是含着一根草了。草根的甜味和它的似有若无的水红色是一种自然的巧合。

草被压倒了。有时我的头动一动,倒下的草又慢慢站起来。我静静地注视它,很久很久,看它的努力快要成功时,又把头枕上去,嘴里叫一声"嗯!",有时,不在意,怜惜它的苦心,就算了。这种性格呀！那些草有时会吓我一跳的，它在我的耳根伸起腰来了，当我看天上的云。

我的鞋底是滑的，草磨得它发了光。

莫碰臭芝麻，沾惹一身，嗐，难闻死人。沾上身子，不要用手指去拈。用刷子刷。这种籽儿有带钩儿的毛，讨嫌死了。至今我不能忘记它：因为我急于要捉住那个"都溜"（一种蝉，叫得最好听），我举着我的网，蹑手蹑脚，抄近路过去，循它的声音找着时，拍，得了。可是回去，我一身都是那种臭玩意儿。想想我捉过多少"都溜"！

我觉得虎耳草有一种腥味。

紫苏的叶子上的红色呵，暑假快过去了。

那棵大垂柳上常常有天牛，有时一个，两个的时候更多。它们总像有一桩事情要做，六只脚不停地运动，有时停下来，那动着的便是两根有节的触须了。我们以为天牛触须有一节它就有一岁。捉天牛用手，不是如何困难的工作，即使它在树枝上转来转去，你等一个合适地点动手。常把脖子弄累了，但是失望的时候很少。这小小生物完全如一个有教养惜身份的绅士，行动从容不迫，虽有翅膀可从不想到飞；即使飞，也不远。一捉住，它便吱吱扭扭地叫，表示不同意，然而行为依然是温文尔雅的。黑地白斑的天牛最多，也有极瑰丽颜色的。有一种还似乎带点玫瑰香味。天牛的玩法是用线扣在脖子上看它走，令人想起……不说也好。

蟋蟀已经变成大人玩意儿了。但是大人的兴趣在斗，而我们对于捉蟋蟀的兴趣恐怕要更大些。我看过一本秋虫谱，上面除了苏东坡米南宫，还有许多济颠和尚说的话，都神乎其神的不大好懂。捉到一个蟋蟀，我不能看出它颈子上的细毛是瓦青还是朱砂，它的牙是米牙还是菜牙，但我仍然是那么欢喜。听，嚁嚁嚁嚁，哪里？这儿是的，这儿了！用草掏，手扒，水灌，嚯，蹦出来了。顾不得螺螺藤拉了手，扑，追着扑。有时正在外面玩得很好，忽然想起我的蟋蟀还没喂哪，于是赶紧回家。我每吃一个梨、一段藕，吃石榴吃菱，都要分给它一点。正吃着晚饭，我的蟋蟀叫了。我会举着筷子听半天，听完了对父亲笑笑，得意极了。一捉蟋蟀，那就整个园子都得翻个身。我最怕翻出那种软软的鼻涕虫。可是堂弟有的是办法，撒一点盐，立刻它就化成一摊水了。

有的蝉不会叫，我们称之为哑巴。捉到哑巴比捉到"红娘"更坏。但哑巴也有一种玩法。用两个马齿苋的瓣子套起它的眼睛，那是刚刚合适的，仿佛马齿苋的瓣子天生就为了这种用处才长成那么个小口袋样子，一放手，哑巴就一直向上飞，决不偏斜转弯。

蜻蜓一个个选定地方息下，天就快晚了。有一种通身铁色的蜻蜓，翅膀较窄，称"鬼蜻蜓"。看它款款地飞在墙角花阴，不知什么道理，心里有一种说不出来的难过。

好些年看不到土蜂了。这种蠢头蠢脑的家伙，我觉得它也在花朵上把屁股撅来撅去的，有点不配，因此常常愚弄它。土蜂是在泥地上掘洞当作窠的。看它从洞里把个有绒毛的小脑袋钻出来（那神气像个东张西望的近视眼），嗡，飞出去了，我便用一点点湿泥把那个洞封好，在原来的旁边给它重掘一个，等着，一会儿，它拖着肚子回来了，找呀找，找到我掘的那个洞，钻进去，看看，不对，于是在四近大找一气。我会看着它那副急样笑个半天。或者，干脆看它进了洞，用一根树枝塞起来，看它从别处开了洞再出来。好容易，可重见天日了，它老先生于是坐在新大门旁边休息，吹吹风。神情中似乎是生了一点气，因为到这时已一声不响了。

祖母叫我们不要玩螳螂，说是它吃了土谷蛇的脑子，肚里会生出一种铁线蛇，缠到马脚脚就断，什么东西一穿就过去了，穿到皮肉里怎么办？

它的眼睛如金甲虫，飞在花丛里五月的夜。

故乡的鸟呵。

我每天醒在鸟声里。我从梦里就听到鸟叫，直到我醒来。我听得出几种极熟悉的叫声,那是每天都叫的,似乎每天都在那个固定的枝头。

有时一只鸟冒冒失失飞进那个花厅里,于是大家赶紧关门,关窗子,吆喝,拍手,用书扔,竹竿打,甚至把自己帽子向空中摔去。可怜的东西这一来完全没了主意,只是横冲直撞地乱飞,碰在玻璃上,弄得一身蜘蛛网,最后大概都是从两椽之间空隙脱走。

园子里时时晒米粉,晒灶饭,晒碗儿糕。怕鸟来吃,都放一片红纸。为了这个警告,鸟儿照例就不来。我有时把红纸拿掉让它们大吃一阵,到觉得它们太不知足时,便大喝一声赶去。

我为一只鸟哭过一次。那是一只麻雀或是癞花。也不知从什么人处得来的,欢喜得了不得,把父亲不用的细篾笼子挑出一个最好的来给它住,配一个最好的雀碗,在插架上放了一个荸荠,安了两根风藤跳棍,整整忙了一半天。第二天起得格外早,把它挂在紫藤架下。正是花开的时候,我想那是全园最好的地方了。一切弄得妥妥当当后,独自还欣赏了好半天,我上学去了。一放学,急急回来,带着书便去看我的鸟。笼子掉在地下,碎了,雀碗里还有半碗水。"我的鸟,我的鸟哪!"父亲正在给碧桃花接枝,听见我的声音,忙走过来,把笼子拿起来看看,说:"你挂得太低了,鸟在大伯的玳瑁猫肚子里了。"哇的一声，我哭了。父亲推着我的头回去，一面说："不害羞，这么大人了。"

有一年，园里忽然来了许多夜哇子。这是一种鹭鸶属的鸟，灰白色，据说它们头上那根毛能破天风。所以有那么一种名，大概是因为它的叫声如此吧。故乡古话说这种鸟常带来幸运。我见它们吃吃喳喳做窠了，我去告诉祖母，祖母去看了看，没有说什么话。我想起它们来了，也有一天会像来了一样又去了的。我尽想，从来处来，从去处去，一路走，一路望着祖母的脸。

园里什么花开了，常常是我第一个发现。祖母的佛堂里那个铜瓶里的花常常是我换新。对于这个孝心的报酬是有需掐花供奉时总让我去，父亲一醒来，一股香气透进帐子，知道桂花开了，他常是坐起来，抽支烟，看着花，很深远地想着什么。冬天，下雪的冬天，一早上，家里谁也还没有起来，我常去园里摘一些冰心蜡梅的朵子，再掺着鲜红的天竺果，用花丝穿成几柄，清水养在白瓷碟子里放在妈（我的第一个继母）和二伯母妆台上，再去上学。我穿花时，服侍我的女用人小莲子，常拿着掸帚在旁边看，她头上也常戴着我的花。

我们那里有这么个风俗，谁拿着掐来的花在街上走，是可以抢的，表姐姐们每带了花回去，必是坐车。她们一来，都得上园里看看有什么花开得正好，有时竟是特地为花来的。掐花的自然又是我。我乐于干这项差事。爬在海棠树上、梅树上、碧桃树上、丁香树上，听她们在下面说："这枝，哎，这枝这枝，再过来一点，弯过去的，喏，哎，对了对了！"冒一点险，用一点力，总给办到。有时我也贡献一点意见，以为某枝已经盛开，不两天就全落在台布上了，某枝花虽不多，样子却好。有时我陪花跟她们一道回去，路上看见有人看过这些花一眼，心里非常高兴。碰到熟人同学，路上也会分一点给她们。

想起绣球花，必连带想起一双白缎子绣花的小拖鞋，这是一个小姑姑房中东西。那时候我们在一处玩，从来只叫名字，不叫姑姑。只有时写字条时如此称呼，而且写到这两个字时心里颇有种近于滑稽的感觉。我轻轻揭开门帘，她自己若是不在，我便看到这两样东西了。太阳照进来，令人明白感觉到花在吸着水，仿佛自己真分享到吸水的快乐。我可以坐在她常坐的椅子上，随便找一本书看看，找一张纸写点什么，或有心无意地画一个枕头花样，把一切再恢复原来样子不留什么痕迹，又自去了。但她大都能发觉谁来过了。那第二天碰到，必指着手说："还当我不知道呢。你在我绷子上戳了两针，我要拆下重来了！"那自然是吓人的话。那些绣球花，我差不多看见它们一点一点地开，在我看书做事时，它会无声地落两片在花梨木桌上。绣球花可由人工着色。在瓶里加一点颜色，它便会吸到花瓣里。除了大红的之外，别种颜色看上去都极自然。我们常以骗人说是新得的异种。这只是一种游戏,姑姑房里常供的仍是白的。为什么我把花跟拖鞋画在一起呢?真不可解。——姑姑已经嫁了,听说日子极不如意。绣球快开花了,昆明渐渐暖起来。

花园里旧有一间花房,由一个花匠管理。那个花匠仿佛姓夏。关于他的机灵促狭,和女人方面的恩怨,有些故事常为旧日佣仆谈起,但我只看到他常来要钱,样子十分狼狈,局局促促,躲避人的眼睛,尤其是说他的故事的人的。花匠离去后,花房也跟着改造园内房屋而拆掉了。那时我认识花名极少,只记得黄昏时,夹竹桃特别红,我忽然又害怕起来,急急走回去。

我爱逗弄含羞草。触遍所有叶子,看都合起来了,我自低头看我的书,偷眼瞧它一片片地开张了,再猝然又来一下。他们都说这是不好的,有什么不好呢?

荷花像是清明栽种。我们吃吃螺蛳,抹抹柳球,便可看佃户把马粪倒在几口大缸里盘上藕秧,再盖上河泥。我们在泥里找蚬子、小虾,觉得这些东西搬了这么一次家,是非常奇怪有趣的事。缸里泥晒干了,便加点水,一次又一次,有一天,紫红色的小觜子冒出来了水面,夏天就来了。赞美第一朵花。荷叶上哗啦哗响了,母亲便把雨伞寻出来,小莲子会给我送去。

大雨忽然来了。一个青色的闪照在槐树上,我赶紧跑到柴草房里去。那是距我所在处最近的房屋。我爬上堆近屋顶的芦柴上，听水从高处流下来，响极了，訇——，空心的老桑树倒了，葡萄架塌了，我的四近越来越黑了，雨点在我头上乱跳。忽然一转身，墙角两个碧绿的东西在发光！哦，那是我常看见的老猫。老猫又生了一群小猫了。原来它每次生养都在这里。我看它们攒着吃奶，听着雨，雨慢慢小了。

那棵龙爪槐是我一个人的。我熟悉它的一切好处，知道哪个枝子适合哪种姿势。云从树叶间过去。壁虎在葡萄上爬。杏子熟了。何首乌的藤爬上石笋了，石笋那么黑。蜘蛛网上一只苍蝇。蜘蛛呢？花天牛半天吃了一片叶子，这叶子有点甜嘛，那么嫩。金雀花那儿好热闹，多少蜜蜂！波——，金鱼吐出一个泡，破了，下午我们去捞金鱼虫。香橼花蒂的黄色仿佛有点忧郁，别的花是飘下，香橼花是掉下的，花落在草叶上，草稍微低头又弹起。大伯母掐了枝珠兰戴上，回去了。大伯母的女儿——堂姐姐看金鱼，看见了自己。石榴花开，玉兰花开，祖母来了："莫掐了，回去看看，瓶里是什么？""我下来了，下来扶您。"

槐树种在土山上，坐在树上可看见隔壁佛院。看不见房子，看到的是关着的那两扇门，关在门外的一片田园。门里是什么岁月呢？钟鼓整日敲，那么悠徐，那么单调，门开时，小尼姑来抱一捆草,打两桶水,随即又关上了。水咚咚地滴回井里。那边有人看我,我忙把书放在眼前。

家里宴客,晚上小方厅和花厅有人吃酒打牌。(我记得有个人吹得极好的笛子。)灯光照到花上、树上,令人极欢喜也十分忧郁。点一个纱灯,从家里到园里,又从园里到家里,我一晚上总不知走了无数趟。有亲戚来去,多是我照路,说哪里高,哪里低,哪里上阶,哪里下坎。若是姑妈舅母,则多是扶着我肩膀走。人影人声都如在梦中。但这样的时候并不多。平日夜晚园子是锁上的。

小时候胆小害怕,黑魆魆的,树影风声,令人却步。而且相信园里有个"白胡子老头子",一个土地花神,晚上会出来,在那个土山后面,花树下,冉冉地转圈子,见人也不避让。

有一年夏天,我已经像个大人了,天气郁闷,心上另外又有一点小事使我睡不着,半夜到园里去。一进门,我就停住了。我看见一个火星。咳嗽一声,招我前去,原来是我的父亲。他也正因为睡不着觉在园中徘徊。他让我抽一支烟(我刚会抽烟),我搬了一张藤椅坐下,我们一直没有说话。那一次,我感觉我跟父亲靠得近极了。

四月二日。月光清极。夜气大凉。似乎该再写一段作为收尾，但又似无须了。便这样吧，日后再说。逝者如斯。

　　　　　　　载一九四五年六月第二卷第三期《文艺》

葡萄月令

一月,下大雪。

雪静静地下着。果园一片白。听不到一点声音。

葡萄睡在铺着白雪的窖里。

二月里刮春风。

立春后,要刮四十八天"摆条风"。风摆动树的枝条,树醒了,忙忙地把汁液送到全身。树枝软了。树绿了。

雪化了,土地是黑的。

黑色的土地里,长出了茵陈蒿。碧绿。

葡萄出窖。

把葡萄窖一锹一锹挖开。挖下的土,堆在四面。葡萄藤露出来了,乌黑的。有的梢头已经绽开了芽苞,吐出指甲大的苍白的小叶。它已经等不及了。

把葡萄藤拉出来，放在松松的湿土上。

不大一会儿，小叶就变了颜色，叶边发红；——又不大一会儿，绿了。

三月，葡萄上架。

先得备料。把立柱、横梁、小棍，槐木的、柳木的、杨木的、桦木的，按照树棵大小，分别堆放在旁边。立柱有汤碗口粗的、饭碗口粗的、茶杯口粗的。一棵大葡萄得用八根、十根，乃至十二根立柱。中等的，六根、四根。

先刨坑，竖柱。然后搭横梁，用粗铁丝摽紧。然后搭小棍，用细铁丝缚住。

然后，请葡萄上架。把在土里趴了一冬的老藤扛起来，得费一点劲。大的，得四五个人一起来。"起！——起！"哎，它起来了，把它放在葡萄架上，把枝条向三面伸开，像五个指头一样地伸开，扇面似的伸开。然后，用麻筋在小棍上固定住。葡萄藤舒舒展展，凉凉快快地在上面待着。

上了架，就施肥。在葡萄根的后面，距主干一尺，挖一道半月形的沟，把大粪倒在里面。葡萄上大粪，不用稀释，就这样把原汁大粪倒下去。大棵的，得三四桶。小葡萄，一桶也就够了。

四月,浇水。

挖窖挖出的土,堆在四面,筑成垄,就成一个池子。池里放满了水。葡萄园里水气泱泱,沁人心肺。

葡萄喝起水来是惊人的。它真是在喝哎!葡萄藤的组织跟别的果树不一样,它里面是一根一根细小的导管。这一点,中国的古人早就发现了。《图经》云:"根苗中空相通。圃人将货之,欲得厚利,暮溉其根,而晨朝水浸子中矣,故俗呼其苗为木通。""暮溉其根,而晨朝水浸子中矣",是不对的,葡萄成熟了,就不能再浇水了。再浇,果粒就会涨破。"中空相通"却是很准确的。浇了水,不大一会儿,它就从根直吸到梢,简直是小孩嘬奶似的拼命往上嘬。浇过了水,你再回来看看吧:梢头切断过的破口,就嗒嗒地往下滴水了。

是一种什么力量使葡萄拼命地往上吸水呢?

施了肥,浇了水,葡萄就使劲抽条、长叶子。真快!原来是几根根枯藤,几天工夫,就变成青枝绿叶的一大片。

五月,浇水,喷药,打梢,掐须。

葡萄一年不知道要喝多少水,别的果树都不这样。别的果树都是刨一个"树碗",往里浇几担水就得了,没有像它这样的:"漫灌",整池子地喝。

喷波尔多液。从抽条长叶，一直到坐果成熟，不知道要喷多少次。喷了波尔多液，太阳一晒，葡萄叶子就都变成蓝的了。

葡萄抽条，丝毫不知节制，它简直是瞎长！几天工夫，就抽出好长的一截的新条。这样长法还行呀，还结不结果呀？因此，过几天就得给它打一次条。葡萄打条，也用不着什么技巧，是个人就能干，拿起树剪，劈劈啪啪，把新抽出来的一截都给它铰了就得了。一铰，一地的长着新叶的条。

葡萄的卷须，在它还是野生的时候是有用的，好攀附在别的什么树木上。现在，已经有人给它好好地固定在架上了，就一点用也没有了。卷须这东西最耗养分，——凡是作物，都是优先把养分输送到顶端，因此，长出来就给它掐了，长出来就给它掐了。

葡萄的卷须有一点淡淡的甜味。这东西如果腌成咸菜，大概不难吃。

五月中下旬，果树开花了。果园，美极了。梨树开花了，苹果树开花了，葡萄也开花了。

都说梨花像雪，其实苹果花才像雪，雪是厚重的，不是透明的。梨花像什么呢？——梨花的瓣子是月亮做的。

有人说葡萄不开花，哪能呢，只是葡萄花很小，颜色淡黄微绿，不钻进葡萄架是看不出的，而且它开花期很短。很快，就结出了绿豆大的葡萄粒。

六月，浇水，喷药，打条，掐须。

葡萄粒长了一点了，一颗一颗，像绿玻璃料做的纽子。硬的。

葡萄不招虫。葡萄会生病，所以要经常喷波尔多液。但是它不像桃，桃有桃食心虫；梨，梨有梨食心虫。葡萄不用疏虫果。——果园每年疏虫果是要费很多工的。虫果没有用，黑黑的一个半干的球，可是它耗养分呀！所以，要把它"疏"掉。

七月，葡萄"膨大"了。

掐须、打条、喷药，大大地浇一次水。

追一次肥。追硫铵。在原来施粪肥的沟里撒上硫铵。然后，就把沟填平了，把硫铵封在里面。

汉朝是不会追这次肥的，汉朝没有硫铵。

八月，葡萄"着色"。

别以为我这里是把画家的术语借用来了。不是的。这是果农的语言，他们就叫"着色"。

下过大雨，你来看看葡萄园吧，那叫好看！白的像白玛瑙，红的像红宝石，紫的像紫水晶，黑的像黑玉。一串一串，饱满、磁棒、挺括，璀璨琳琅。你就把《说文解字》里的玉字偏旁的字都搬了来吧，那也不够用呀！

可是你得快来！明天，对不起，你全看不到了。我们要喷波尔多液了。一喷波尔多液，它们的晶莹鲜艳全都没有了，它们蒙上一层蓝分分、白糊糊的东西，成了磨砂玻璃。我们不得不这样干。葡萄是吃的，不是看的。我们得保护它。

过不两天，就下葡萄了。

一串一串剪下来，把病果、瘪果去掉，妥妥地放在果筐里。果筐满了，盖上盖，要一个棒小伙子跳上去蹦两下、用麻筋缝的筐盖。——新下的果子，不怕压，它很结实，压不坏。倒怕是装不紧，逛里逛当的。那，来回一晃悠，全得烂！

葡萄装上车，走了。

去吧，葡萄，让人们吃去吧！

九月的果园像一个生过孩子的少妇，宁静、幸福，而慵懒。

我们还要给葡萄喷一次波尔多液。哦，下了果子，就不管了？人，总不能这样无情无义吧。

十月，我们有别的农活儿。我们要去割稻子。葡萄，你愿意怎么长,就怎么长着吧。

十一月,葡萄下架。

把葡萄架拆下来。检查一下,还能再用的,搁在一边。糟朽了的,只好烧火。立柱、横梁、小棍,分别堆垛起来。

剪葡萄条。干脆得很,除了老条,一概剪光。葡萄又成了一个大秃子。

剪下的葡萄条,挑有三个芽眼的,剪成二尺多长的一截,捆起来,放在屋里,准备明春插条。

其余的,连枝带叶,都用竹笤帚扫成一堆,装走了。

葡萄园光秃秃。

十一月下旬,十二月上旬,葡萄入窖。

这是个重活儿。把老本放倒,挖土把它埋起来。要埋得很厚实。外面要用铁锹拍平。这个活儿不能马虎。都要经过验收,才给记工。

葡萄窖,一个一个长方形的土墩墩。一行一行,整整齐齐地排列着。风一吹,土色发了白。

这真是一年的冬景了。热热闹闹的果园,现在什么颜色都没有了。眼界空阔,一览无余,只剩下发白的黄土。

下雪了。我们踏着碎玻璃碴似的雪,检查葡萄窖,扛着铁锹。

一到冬天,要检查几次。不是怕别的,怕老鼠打了洞。葡萄窖里很暖和,老鼠爱往这里面钻。它倒是暖和了,咱们的葡萄可就受了冷啦!

载一九八一年第十二期《安徽文学》

昆明的雨

宁坤要我给他画一张画,要有昆明的特点。我想了一些时候,画了一幅:右上角画了一片倒挂着的浓绿的仙人掌,末端开出一朵金黄色的花;左下画了几朵青头菌和牛肝菌。题了这样几行字:

昆明人家常于门头挂仙人掌一片以辟邪,仙人掌悬空倒挂,尚能存活开花。于此可见仙人掌生命之顽强,亦可见昆明雨季空气之湿润。雨季则有青头菌、牛肝菌,味极鲜腴。

我想念昆明的雨。
我以前不知道有所谓雨季。"雨季",是到昆明以后才有了具体感受的。

我不记得昆明的雨季有多长，从几月到几月，好像是相当长的。但是并不使人厌烦。因为是下下停停，停停下下，不是连绵不断，下起来没完，而且并不使人气闷。我觉得昆明雨季气压不低，人很舒服。

昆明的雨季是明亮的、丰满的，使人动情的。城春草木深，孟夏草木长。昆明的雨季，是浓绿的。草木的枝叶里的水分都到了饱和状态，显示出过分的、近于夸张的旺盛。

我的那张画是写实的。我确实亲眼看见过倒挂着还能开花的仙人掌。旧日昆明人家门头上用以辟邪的多是这样一些东西：一面小镜子，周围画着八卦，下面便是一片仙人掌，——在仙人掌上扎一个洞，用麻线穿了，挂在钉子上。昆明仙人掌多，且极肥大。有些人家在菜园的周围种了一圈仙人掌以代替篱笆。——种了仙人掌，猪羊便不敢进园吃菜了。仙人掌有刺，猪和羊怕扎。

昆明菌子极多。雨季逛菜市场，随时可以看到各种菌子。最多，也最便宜的是牛肝菌。牛肝菌下来的时候，家家饭馆卖炒牛肝菌，连西南联大食堂的桌子上都可以有一碗。牛肝菌色如牛肝，滑，嫩，鲜，香，很好吃。炒牛肝菌须多放蒜，否则容易使人晕倒。青头菌比牛肝菌略贵。这种菌子炒熟了也还是浅绿色的，格调比牛肝菌高。菌中之王是鸡㙡，味道鲜浓，无可方比。鸡㙡是名贵的山珍，但并不真的贵得惊人。一盘红烧鸡㙡的价钱和一碗黄焖鸡不相上下，因为这东西在云南并不难得。有一个笑话：有人从昆明坐火车到呈贡，在车上看到地上有一棵鸡枞，他跳下去把鸡枞捡了，紧赶两步，还能爬上火车。这笑话用意在说明昆明到呈贡的火车之慢，但也说明鸡枞随处可见。有一种菌子，中吃不中看，叫作干巴菌。乍一看那样子，真叫人怀疑：这种东西也能吃?！颜色深褐带绿，有点像一堆半干的牛粪或一个被踩破了的马蜂窝。里头还有许多草茎、松毛，乱七八糟！可是下点功夫，把草茎松毛择净，撕成蟹腿肉粗细的丝，和青辣椒同炒，入口便会使你张目结舌：这东西这么好吃?！还有一种菌子，中看不中吃，叫鸡油菌。都是一般大小，有一块银元那样大，滴溜儿圆，颜色浅黄，恰似鸡油一样。这种菌子只有做菜时配色用，没甚味道。

雨季的果子，是杨梅。卖杨梅的都是苗族女孩子，戴一顶小花帽子，穿着扳尖的绣了满帮花的鞋，坐在人家阶石的一角，不时吆喝一声："卖杨梅——"声音娇娇的。她们的声音使得昆明雨季的空气更加柔和了。昆明的杨梅很大，有一个乒乓球那样大，颜色黑红黑红的，叫作"火炭梅"。这个名字起得真好，真是像一球烧得炽红的火炭！一点都不酸！我吃过苏州洞庭山的杨梅、井冈山的杨梅，好像都比不上昆明的火炭梅。

雨季的花是缅桂花。缅桂花即白兰花，北京叫作"把儿兰"

（这个名字真不好听）。云南把这种花叫作缅桂花，可能最初这种花是从缅甸传入的，而花的香味又有点像桂花，其实这跟桂花实在没有什么关系。不过话又说回来，别处叫它白兰、把儿兰，它和兰也挨不上呀，也不过是因为它很香，香得像兰花。我在家乡看到的白兰多是一人高，昆明的缅桂是大树！我在若园巷二号住过，院里有一棵大缅桂，密密的叶子，把四周房间都映绿了。缅桂盛开的时候，房东（是一个五十多岁的寡妇）就和她的一个养女，搭了梯子上去摘，每天要摘下来好些，拿到花市上去卖。她大概是怕房客们乱摘她的花，时常给各家送去一些。有时送来一个七寸盘子，里面摆得满满的缅桂花！带着雨珠的缅桂花使我的心软软的，不是怀人，不是思乡。

　　雨，有时是会引起人一点淡淡的乡愁的。李商隐的《夜雨寄北》是为许多久客的游子而写的。我有一天在积雨少住的早晨和德熙从联大新校舍到莲花池去。看了池里的满池清水，看了着比丘尼装的陈圆圆的石像（传说陈圆圆随吴三桂到云南后出家，暮年投莲花池而死），雨又下起来了。莲花池边有一条小街，有一个小酒店，我们走进去，要了一碟猪头肉、半市斤酒（装在上了绿釉的土瓷杯里），坐了下来。雨下大了。酒店有几只鸡，都把脑袋反插在翅膀下面，一只脚着地，一动也不动地在檐下站着。酒店院子里有一架大木香花。昆明木香花很多。有的小河沿岸都是木香。但是这样大的木香却不多见。一棵木香,爬在架上,把院子遮得严严的。密匝匝的细碎的绿叶,数不清的半开的白花和饱涨的花骨朵,都被雨水淋得湿透了。我们走不了,就这样一直坐到午后。四十年后,我还忘不了那天的情味,写了一首诗:

莲花池外少行人,野店苔痕一寸深。
浊酒一杯天过午,木香花湿雨沉沉。

我想念昆明的雨。

一九八四年五月十九日
载一九八四年第十期《北京文学》

人间草木

山丹丹

我在大青山挖到一棵山丹丹。这棵山丹丹的花真多。招待我们的老堡垒户看了看,说:"这棵山丹丹有十三年了。"

"十三年了?咋知道?"

"山丹丹长一年,多开一朵花。你看,十三朵。"

山丹丹记得自己的岁数。

我本想把这棵山丹丹带回呼和浩特,想了想,找了把铁锹,把老堡垒户的开满了蓝色党参花的土台上刨了个坑,把这棵山丹丹种上了。问老堡垒户:"能活?"

"能活。这东西,皮实。"

大青山到处是山丹丹,开七朵花、八朵花的,多的是。

山丹丹花开花又落，

一年又一年……

这支流行歌曲的作者未必知道，山丹丹过一年多开一朵花。唱歌的歌星就更不会知道了。

枸杞

枸杞到处都有。枸杞头是春天的野菜。采摘枸杞的嫩头，略焯过，切碎，与香干丁同拌，浇酱油、醋、香油；或入油锅爆炒，皆极清香。夏末秋初，开淡紫色小花，谁也不注意。随即结出小小的红色的卵形浆果，即枸杞子。我的家乡叫作狗奶子。

我在玉渊潭散步，在一个山包下的草丛里看见一对老夫妻弯着腰在找什么。他们一边走，一边搜索。走几步，停一停，弯腰。

"您二位找什么？"

"枸杞子。"

"有吗？"

老同志把手里一个罐头玻璃瓶举起来给我看，已经有半瓶了。

"不少!"

"不少!"

他解嘲似的哈哈笑了几声。

"您慢慢捡着!"

"慢慢捡着!"

看样子这对老夫妻是离休干部,穿得很整齐干净,气色很好。

他们捡枸杞子干什么?是配药?泡酒?看来都不完全是。真要是需要,可以托熟人从宁夏捎一点或寄一点来。——听口音,老同志是西北人,那边肯定会有熟人。

他们捡枸杞子其实只是玩!一边走着,一边捡枸杞子,这比单纯的散步要有意思。这是两个童心未泯的老人,两个老孩子!

人老了,是得学会这样的生活。看来,这二位中年时也是很会生活,会从生活中寻找乐趣的。他们为人一定很好,很厚道。他们还一定不贪权势,甘于淡泊。夫妻间一定不会为柴米油盐、儿女婚嫁而吵嘴。

从钓鱼台到甘家口商场的路上,路西,有一家的门头上种了很大的一丛枸杞,秋天结了很多枸杞子,通红通红的,礼花似的,喷泉似的垂挂下来,一个珊瑚珠穿成的华盖,好看极了。这丛枸杞可以拿到花会上去展览。这家怎么会想起在门头上种一丛枸杞?

槐花

玉渊潭洋槐花盛开，像下了一场大雪，白得耀眼。来了放蜂的人。蜂箱都放好了，他的"家"也安顿了。一个刷了涂料的很厚的黑色的帆布棚子。里面打了两道土堰，上面架起几块木板，是床。床上一卷铺盖。地上排着油瓶、酱油瓶、醋瓶。一个白铁桶里已经有多半桶蜜。外面一个蜂窝煤炉子上坐着锅。一个女人在案板上切青蒜。锅开了，她往锅里下了一把干切面。不大会儿，面熟了，她把面捞在碗里，加了佐料、撒上青蒜，在一个碗里舀了半勺豆瓣。一人一碗。她吃的是加了豆瓣的。

蜜蜂忙着采蜜，进进出出，飞满一天。

我跟养蜂人买过两次蜜，绕玉渊潭散步回来，经过他的棚子，大都要在他门前的树墩上坐一坐，抽一支烟，看他收蜜，刮蜡，跟他聊两句，彼此都熟了。

这是一个五十岁上下的中年人，高高瘦瘦的，身体像是不太好，他做事总是那么从容不迫，慢条斯理的。样子不像个农民，倒有点像一个农村小学校长。听口音，是石家庄一带的。他到过很多省。哪里有鲜花，就到哪里去。菜花开的地方，玫瑰花开的地方，苹果花开的地方，枣花开的地方。每年都到南方去过冬——广西、贵州。到了春暖，再往北翻。我问他是不是枣花蜜最好,他说是荆条花的蜜最好。这很出乎我的意料。荆条是个不起眼的东西,而且我从来没有见过荆条开花,想不到荆条花蜜却是最好的蜜。我想他每年收入应当不错。他说比一般农民要好一些,但是也落不下多少:蜂具,路费;而且每年要赔几十斤白糖——蜜蜂冬天不采蜜,得喂它糖。

女人显然是他的老婆。不过他们岁数相差太大了。他五十了,女人也就是三十出头。而且,她是四川人,说四川话。我问他:"你们是怎么认识的?"他说:"她是新繁县人。"那年他到新繁放蜂,认识了。她说北方的大米好吃,就跟来了。

有那么简单?也许她看中了他的脾气好,喜欢这样安静平和的性格?也许她觉得这种放蜂生活,东南西北到处跑,好耍?这是一种农村式的浪漫主义。四川女孩子做事往往很洒脱,想咋个就咋个,不像北方女孩子有那么多考虑。他们结婚已经几年了。丈夫对她好,她对丈夫也很体贴。她觉得她的选择没有错,很满意,不后悔。我问养蜂人:她回去过没有?他说,回去过一次,一个人,他让她带了两千块钱,她买了好些礼物送人,风风光光地回了一趟新繁。

一天,我没有看见女人,问养蜂人,她到哪里去了。养蜂人说:"到我那大儿子家去了,去接我那大儿子的孩子。"他有个大儿子,在北京工作,在汽车修配厂当工人。

她抱回来一个四岁多的男孩，带着他在棚子里住了几天。她带他到甘家口商场买衣服，买鞋，买饼干，买冰糖葫芦。男孩子在床上玩鸡啄米，她靠着被窝儿用钩针给他钩一顶大红的毛线帽子。她很爱这个孩子。这种爱是完全非功利的，既不是讨丈夫的欢心，也不是为了和丈夫的儿子一家搞好关系。这是一颗很善良、很美的心。孩子叫她奶奶，奶奶笑了。

　　过了几天，她把孩子又送了回去。

　　过了两天，我去玉渊潭散步，养蜂人的棚子拆了，蜂箱集中在一起。等我散步回来，养蜂人的大儿子开来一辆卡车，把棚柱、木板、煤炉、锅碗和蜂箱装好，养蜂人两口子坐上车，卡车开走了。

　　玉渊潭的槐花落了。

载一九九〇年第三期《散文》

昆虫备忘录

复眼

我从小学三年级《自然》教科书上知道蜻蜓是复眼,就一直琢磨复眼是怎么回事。"复眼",想必是好多小眼睛合成一个大眼睛。那它怎么看呢?是每个小眼睛都看到一个小形象,合成一个大形象?还是每个小眼睛看到形象的一部分,合成一个完整形象?琢磨不出来。

凡是复眼的昆虫,视觉都很灵敏。麻苍蝇也是复眼,你走近蜻蜓和麻苍蝇,还有一段距离,它就发现了,噌——,飞了。

我曾经想过:如果人长了一对复眼?

还是不要!那成什么样子!

蚂蚱

河北人把尖头绿蚂蚱叫"挂大扁儿"。西河大鼓里唱道"挂大扁儿甩子在那荞麦叶儿上",这句唱词有很浓的季节感。为什么叫"挂大扁儿"呢?我怪喜欢"挂大扁儿"这个名字。

我们那里只是简单地叫它蚂蚱。一说蚂蚱,就知道是指尖头绿蚂蚱。蚂蚱头尖,徐文长曾觉得它的头可以蘸了墨写字画画,可谓异想天开。

尖头蚂蚱是国画家很喜欢画的,画草虫的很少没有画过蚂蚱。齐白石、王雪涛都画过。我小时也画过不少张,只为它的形态很好掌握,很好画——画纺织娘,画蝈蝈,就比较费事。我大了以后,就没有画过蚂蚱。前年给一个年轻的牙科医生画了一套册页,有一开里画了一只蚂蚱。

蚂蚱飞起来会格格作响,不知道它是怎么弄出这种声音的。蚂蚱有鞘翅,鞘翅里有膜翅。膜翅是淡淡的桃红色的,很好看。

我们那里还有一种"土蚂蚱",身体粗短,方头,色黑如泥土,翅上有黑斑。这种蚂蚱,捉住它,它就吐出一泡褐色的口水,很讨厌。

天津人所说的"蚂蚱",实是蝗虫。天津的"烙饼卷蚂蚱",卷的是焙干了的蝗虫肚子,河北省人嘲笑农民谈吐不文雅,说是

"蚂蚱打喷嚏——满嘴的庄稼气",说的也是蝗虫。蚂蚱还会打喷嚏?还真是"糟改"庄稼人!

小蝗虫名蝻。有一年,我的家乡闹蝗虫,在这以前,大街上一街蝗蝻乱蹦,看着真是不祥。

花大姐

瓢虫款款地落下来了,折好它的黑绸衬裙——膜翅,顺顺溜溜:收拢硬翅,严丝合缝。瓢虫是做得最精致的昆虫。

"做"的?谁做的?

上帝。

上帝?

上帝做了一些小玩意儿,给他的小外孙女儿玩。

上帝的外孙女儿?

对。上帝说:"给你!好看吗?"

"好看!"

上帝的外孙女儿?

对!

瓢虫是昆虫里面最漂亮的。

北京人叫瓢虫为"花大姐",好名字!

瓢虫，朱红的，瓷漆似的硬翅，上有黑色的小圆点。圆点是有定数的，不能瞎点。黑色，叫作"星"。有七星瓢虫、十四星瓢虫……星点不同，瓢虫就分为两大类。一类是吃蚜虫的，是益虫；一类是吃马铃薯的嫩叶的，是害虫。我说吃马铃薯嫩叶的瓢虫，你们就不能改改口味，也吃蚜虫吗？

独角牛

吃晚饭的时候，嗡——扑！飞来一只独角牛，摔在灯下。它摔得很重，摔晕了。轻轻一捏，就捏住了。

独角牛是硬甲壳虫，在甲虫里可能是最大的，从头到脚，约有二寸。甲壳铁黑色，很硬，头部尖端有一只犀牛一样的角。这家伙，是昆虫里的霸王。

独角牛的力气很大。北京隆福寺过去有独角牛卖。给它套上一辆泥制的小车，它就拉着走。北京管这个大力士好像也叫作独角牛。学名叫什么，不知道。

磕头虫

我抓到一只磕头虫，北京也有磕头虫？我觉得很惊奇。我拿给我的孩子看,以为他们不认识。

"磕头虫,我们小时候玩过。"

哦!

磕头虫的脖子不知道怎么有那么大的劲,把它的肩背按在桌面上,它就吧嗒吧嗒地不停地磕头。把它仰面朝天放着,它运一会儿气,脖子一挺,就反弹得老高,空中转体,正面落地。

蝇虎

蝇虎,我们那里叫作苍蝇虎子,形状略似蜘蛛而长,短脚,灰黑色,有细毛,趴在砖墙上,不注意是看不出来的。蝇虎的动作很快,苍蝇落在它面前,还没有站稳,已经被它捕获,来不及嘤地叫一声,就进了苍蝇虎子的口了。蝇虎的食量惊人,一只苍蝇,眨眼之间就吃得只剩一张空皮了。

苍蝇是很讨厌的东西,因此人对蝇虎有好感,不伤害它。

捉一只大金苍蝇喂苍蝇虎子,看着它吃下去,是很解气的。苍蝇虎子对送到它面前的苍蝇从来不拒绝。苍蝇虎子不怕人。

狗蝇

世界上最讨厌的东西是狗蝇。狗蝇钻在狗毛里叮狗,叮得狗又疼又痒,烦躁不堪,发疯似的乱蹦,乱转,乱骂人——叫。

一九九三年二月二日
载一九九四年第一期《大家》

下大雨

雨真大。下得屋顶上起了烟。大雨点落在天井的积水里,砸出一个一个丁字泡。我用两手捂着耳朵,又放开,听雨声:呜——哇;呜——哇。下大雨,我常这样听雨玩。

雨打得荷花缸里的荷叶东倒西歪。

在紫薇花上采蜜的大黑蜂钻进了它的家。它的家是在椽子上用嘴咬出来的圆洞,很深。大黑蜂是一个"人"过的。

紫薇花湿透了,然而并不被雨打得七零八落。

麻雀躲在檐下,歪着小脑袋。

蜻蜓倒吊在树叶的背面。

哈,你还在呀!一只乌龟。这只乌龟是我养的。我在龟甲边上钻了一个小洞,用麻绳系住了它,拴在柜橱脚上。有一天,不见了。它不知怎么跑出去了。原来它藏在老墙下面一块断砖的洞里。下大雨,它出来了。它昂起脑袋看雨,慢慢地爬到天井的水里。

卷二

美食美味

黄油烙饼

萧胜跟着爸爸到口外去。

萧胜满七岁,进八岁了。他这些年一直跟着奶奶过。他爸爸的工作一直不固定。一会儿修水库啦,一会儿大炼钢铁啦。他妈也是调来调去。奶奶一个人在家乡,说是冷清得很。他三岁那年,就被送回老家来了。他在家乡吃了好些萝卜白菜、小米面饼子、玉米面饼子,长高了。

奶奶不怎么管他。奶奶有事。她老是找出一些零碎料子给他接衣裳,接褂子、接裤子、接棉袄、接棉裤。他的衣服都是接成一道一道的,一道青,一道蓝。倒是挺干净的。奶奶还给他做鞋。自己打袼褙,剪样子,纳底子,自己绱。奶奶老是说:"你的脚上有牙,有嘴?""你的脚是铁打的?"再就是给他做吃的。小米面饼子,玉米面饼子,萝卜白菜,炒鸡蛋,熬小鱼。他整天在外面玩。奶奶把饭做得了,就在门口嚷:"胜儿!回来吃饭咧——!"

后来办了食堂。奶奶把家里的两口锅交上去,从食堂里打饭回来吃。真不赖! 白面馒头,大烙饼,卤虾酱炒豆腐,焖茄子,猪头肉! 食堂的大师傅穿着白衣服,戴着白帽子,在蒸笼的白蒙蒙的热气中晃来晃去,拿铲子敲着锅边,还大声嚷叫。人也胖了,猪也肥了。真不赖!

后来就不行了。还是小米面饼子、玉米面饼子。

后来小米面饼子里有糠,玉米面饼子里有玉米核磨出的碴子,拉嗓子。人也瘦了,猪也瘦了。往年,撵个猪可费劲哪。今年,一伸手就把猪后腿攥住了。挺大一个克郎,一挤它,咕咚就倒了。掺假的饼子不好吃,可是萧胜还是吃得挺香。他饿。

奶奶吃得不香。她从食堂打回饭来,掰半块饼子,嚼半天,其余的,都归了萧胜。

奶奶的身体原来就不好,她有个气喘的病,每年冬天都犯。白天还好,晚上难熬。萧胜躺在坑上,听奶奶喝喽喝喽地喘。睡醒了,还听她喝喽喝喽。他想,奶奶喝喽了一夜。可是奶奶还是喝喽着起来了,喝喽着给他到食堂去打早饭,打掺了假的小米饼子、玉米饼子。

爸爸去年冬天回来看过奶奶。他每年回来,都是冬天。爸爸带回来半麻袋土豆、一串口蘑,还有两瓶黄油。爸爸说,土豆是他分的，口蘑是他自己采、自己晾的，黄油是"走后门"搞来的。爸爸说，黄油是牛奶炼的，很"营养"，叫奶奶抹饼子吃。土豆，奶奶借锅来蒸了，煮了，放在灶火里烤了，给萧胜吃了。口蘑过年时打了一次卤。黄油，奶奶叫爸爸拿回去："你们吃吧。这么贵重的东西！"爸爸一定要给奶奶留下。奶奶把黄油留下了，可是一直没有吃。奶奶把两瓶黄油放在躺柜上，时不时地拿抹布擦擦。黄油是个啥东西？牛奶炼的？隔着玻璃，看得见它的颜色是嫩黄嫩黄的。去年小三家生了小四，他看见小三他妈给小四用松花粉扑痱子。黄油的颜色就像松花粉，油汪汪的，很好看。奶奶说，这是能吃的。萧胜不想吃。他没有吃过，不馋。

奶奶的身体越来越不好。她从前从食堂打回饼子，能一气走到家。现在不行了，走到歪脖柳树那儿就得歇一会儿。奶奶跟上了年纪的爷爷奶奶们说："只怕是过得了冬，过不得春呀。"萧胜知道这不是好话。这是一句骂牲口的话。"嗳！看你这乏样儿！过得了冬，过不得春！"果然，春天不好过。村里的老头儿老太太接二连三地死了。镇上有个木业生产合作社，原来打家具、修犁耙，都停了，改了打棺材。村外添了好些新坟、好些白幡。奶奶不行了，她浑身都肿。用手指按一按，老大一个坑，半天不起来。她求人写信叫儿子回来。

爸爸赶回来，奶奶已经咽了气了。

爸爸求木业社把奶奶屋里的躺柜改成一口棺材，把奶奶埋了。晚上，坐在奶奶的炕上流了一夜眼泪。

萧胜一生第一次经验什么是"死"。他知道"死"就是"没有"了。他没有奶奶了。他躺在枕头上，枕头上还有奶奶的头发的气味。他哭了。

奶奶给他做了两双鞋，做得了，说："来试试！"——"等会儿！"哧溜，他跑了。萧胜醒来，光着脚把两双鞋都试了试。一双正合脚，一双大一些。他的赤脚接触了搪底布，感觉到奶奶纳的底线，他叫了一声"奶奶！"，又哭了一气。

爸爸拜望了村里的长辈，把家里的东西收拾收拾，把一些能用的锅碗瓢盆都装在一个大网篮里。把奶奶给萧胜做的两双鞋也装在网篮里。把两瓶动都没有动过的黄油也装在网篮里。锁了门，就带着萧胜上路了。

萧胜跟爸爸不熟。他跟奶奶过惯了。他起先不说话。他想家，想奶奶，想那棵歪脖柳树，想小三家的一对大白鹅，想蜻蜓，想蝈蝈，想挂大扁飞起来格格地响，露出绿色硬翅膀底下的桃红色的翅膜……后来跟爸爸熟了。他是爸爸呀！他们坐了汽车，坐火车，后来又坐汽车。爸爸很好。爸爸老是引他说话，告诉他许多口外的事。他的话越来越多，问这问那。他对"口外"产生了很浓厚的兴趣。

他问爸爸啥叫"口外"。爸爸说"口外"就是张家口以外,又叫"坝上"。"为啥叫坝上?"他以为"坝"是一个水坝。爸爸说到了就知道了。

敢情"坝"是一溜大山。山顶齐齐的,倒像个坝。可是真大!汽车一个劲儿地往上爬。汽车爬得很累,好像气都喘不过来,不停地哼哼。上了大山,嘿,一片大平地!真是平呀!又平又大,像是擀过的一样。怎么可以这样平呢!汽车一上坝,就撒开欢了。它不哼哼了,"唰——"一直往前开。一上了坝,气候忽然变了。坝下是夏天,一上坝就像秋天。忽然,就凉了。坝上坝下,刀切的一样。真平呀!远远有几个小山包,圆圆的。一棵树也没有。他的家乡有很多树。榆树,柳树,槐树。这是个什么地方!不长一棵树!就是一大片大平地,碧绿的,长满了草。有地。这地块儿真大。从这个小山包一匹布似的一直扯到了那个小山包。地块儿究竟有多大?爸爸告诉他,有一个农民牵了一头母牛去犁地,犁了一趟,回来时候母牛带回来一个新下的小牛犊,已经三岁了!

汽车到了一个叫沽源的县城,这是他们的最后一站。一辆牛车来接他们。这车的样子真可笑,车轱辘是两个木头饼子,还不怎么圆,骨碌碌,骨碌碌,往前滚。他仰面躺在牛车上,上面是一个很大的蓝天。牛车真慢,还没有他走得快。他有时下来掐两朵野花,走一截,又爬上车。

这地方的庄稼跟口里也不一样。没有高粱,也没有老玉米,种莜麦、胡麻。莜麦干净得很,好像用水洗过、梳过。胡麻打着把小蓝伞,秀秀气气,不像是庄稼,倒像是种着看的花。

嗬,这一大片马兰!马兰他们家乡也有,可没有这里的高大。长得齐大人的腰那么高,开着巴掌大的蓝蝴蝶一样的花。一眼望不到边。这一大片马兰!他这辈子也忘不了。他像是在一个梦里。

牛车走着走着。爸爸说:"到了!"他坐起来一看,一大片马铃薯,都开着花,粉的、浅紫蓝的、白的,一眼望不到边,像是下了一场大雪。花雪随风摇摆着,他有点晕。不远有一排房子,土墙、玻璃窗。这就是爸爸工作的"马铃薯研究站"。土豆——山药蛋——马铃薯。马铃薯是学名,爸说的。

从房子里跑出来一个人。"妈妈——!"他一眼就认出来了!妈妈跑上来,把他一把抱了起来。

萧胜就要住在这里了,跟他的爸爸、妈妈住在一起了。

奶奶要是一起来,多好。

萧胜的爸爸是学农业的,这几年老是干别的。奶奶问他:"为什么总是把你调来调去的?"爸说:"我好欺负。"马铃薯研究站别人都不愿来,嫌远。爸愿意。妈是学画画的,前几年老画两个娃娃拉不动的大萝卜啦，上面张个帆可以当作小船的豆荚啦。她也愿意跟爸爸一起来，画"马铃薯图谱"。

妈给他们端来饭。真正的玉米面饼子，两大碗粥。妈说这粥是草籽熬的。有点像小米，比小米小。绿盈盈的，挺稠，挺香。还有一大盘鲫鱼，好大。爸说别处的鲫鱼很少有过一斤的，这儿"淖"里的鲫鱼有一斤二两的，鲫鱼吃草籽，长得肥。草籽熟了，风把草籽刮到淖里，鱼就吃草籽。萧胜吃得很饱。

爸说把萧胜接来有三个原因。一是奶奶死了，老家没有人了。二是萧胜该上学了，暑假后就到不远的一个完小去报名。三是这里吃得好一些。口外地广人稀，总好办一些。这里的自留地一个人有五亩！随便刨一块地就能种点东西。爸爸和妈妈就在研究站旁边开了一块地，种了山药、南瓜。山药开花了，南瓜长了骨朵了。用不了多久，就能吃了。

马铃薯研究站很清静，一共没有几个人。就是爸爸、妈妈，还有几个工人。工人都有家。站里就是萧胜一家。这地方，真安静。成天听不到声音，除了风吹莜麦穗子，沙沙的，像下小雨；有时有小燕吱喳地叫。

爸爸每天戴个草帽下地跟工人一起去干活儿，锄山药。有时查资料，看书。妈一早起来到地里掐一大把山药花、一大把叶子，回来插在瓶子里，聚精会神地对着它看，一笔一笔地画。画的花和真的花一样！萧胜每天跟妈一同下地去，回来鞋和裤脚沾得都是露水。奶奶做的两双新鞋还没有上脚，妈把鞋和两瓶黄油都锁在柜子里。

白天没有事，他就到处去玩，去瞎跑。这地方大得很，没遮没挡，跑多远，一回头还能看到研究站的那排房子，迷不了路。他到草地里去看牛、看马、看羊。

他有时也去莳弄莳弄他家的南瓜、山药地。锄一锄，从机井里打半桶水浇浇。这不是为了玩。萧胜是等着要吃它们。他们家不起火，在大队食堂打饭，食堂里的饭越来越不好。草籽粥没有了，玉米面饼子也没有了。现在吃红高粱饼子，喝甜菜叶子做的汤。再下去大概还要坏。萧胜有点饿怕了。

他学会了采蘑菇。起先是妈妈带着他采了两回，后来，他自己也会了。下了雨，太阳一晒，空气潮乎乎的，闷闷的，蘑菇就出来了。蘑菇这玩意儿很怪，都长在"蘑菇圈"里。你低下头，侧着眼睛一看，草地上远远地有一圈草，颜色特别深，黑绿黑绿的，隐隐约约看到几个白点，那就是蘑菇圈。滴溜圆。蘑菇就长在这一圈深颜色的草里。圈里面没有，圈外面也没有。蘑菇圈是固定的。今年长，明年还长。哪里有蘑菇圈，老乡们都知道。

有一个蘑菇圈发了疯。它不停地长蘑菇，呼呼地长，三天三夜一个劲儿地长，好像是有鬼，看着都怕人。附近七八家都来采，用线穿起来，挂在房檐底下。家家都挂了三四串，挺老长的三四串。老乡们说，这个圈明年就不会再长蘑菇了，它死了。萧胜也采了好些。他兴奋极了，心里直跳。"好家伙！好家伙！这么多！这么多！"他发了财了。

他为什么这样兴奋？蘑菇是可以吃的呀！

他一边用线穿蘑菇，一边流出了眼泪。他想起奶奶，他要给奶奶送两串蘑菇去。他现在知道，奶奶是饿死的。人不是一下饿死的，是慢慢地饿死的。

食堂的红高粱饼子越来越不好吃，因为掺了糠。甜菜叶子汤也越来越不好喝，因为一点油也不放了。他恨这种掺糠的红高粱饼子，恨这种不放油的甜菜叶子汤！

他还是到处去玩，去瞎跑。

大队食堂外面忽然热闹起来。起先是拉了一牛车的羊砖来。他问爸爸这是什么，爸爸说："羊砖。"——"羊砖是啥？"——"羊粪压紧了，切成一块一块。"——"干啥用？"——"烧。"——"这能烧吗？"——"好烧着呢！火顶旺。"后来盘了个大灶。后来杀了十来只羊。萧胜站在旁边看杀羊。他还没有见过杀羊。嘿，一点血都流不到外面，完完整整就把一张羊皮剥下来了！

这是要干啥呢？

爸爸说，要开三级干部会。

"啥叫三级干部会？"

"等你长大了就知道了！"

三级干部会就是三级干部吃饭。

大队原来有两个食堂：南食堂，北食堂，当中隔一个院子，院子里还搭了个小棚，下雨天也可以两个食堂来回串，原来"社员"们分在两个食堂吃饭。开三级干部会，就都挤到北食堂来。南食堂空出来给开会干部用。

三级干部会开了三天，吃了三天饭。头一天中午，羊肉口蘑臊子蘸莜面。第二天炖肉大米饭。第三天，黄油烙饼。晚饭倒是马马虎虎的。

"社员"和"干部"同时开饭。社员在北食堂，干部在南食堂。北食堂还是红高粱饼子、甜菜叶子汤。北食堂的人闻到南食堂里飘过来的香味，就说："羊肉口蘑臊子蘸莜面，好香好香！""炖肉大米饭，好香好香！""黄油烙饼，好香好香！"

萧胜每天去打饭，也闻到南食堂的香味。羊肉、米饭，他倒不稀罕：他见过，也吃过。黄油烙饼他连闻都没闻过。是香，闻着这种香味，真想吃一口。

回家，吃着红高粱饼子，他问爸爸："他们为什么吃黄油烙饼？"

"他们开会。"

"开会干吗吃黄油烙饼?"

"他们是干部。"

"干部为啥吃黄油烙饼?"

"哎呀!问得太多了!吃你的红高粱饼子吧!"

正在咽着红饼子的萧胜的妈忽然站起来,把缸里的一点白面倒出来,又从柜子里取出一瓶奶奶没有动过的黄油,启开瓶盖,挖了一大块,抓了一把白糖,兑点起子,擀了两张黄油发面饼。抓了一把莜麦秸塞进灶火,烙熟了。黄油烙饼发出香味,和南食堂里的一样。妈把黄油烙饼放在萧胜面前,说:"吃吧,儿子,别问了。"

萧胜吃了两口,真好吃。他忽然咧开嘴痛哭起来,高叫了一声:"奶奶!"

妈妈的眼睛里都是泪。

爸爸说:"别哭了,吃吧。"

萧胜一边流着一串一串的眼泪,一边吃黄油烙饼。他的眼泪流进了嘴里。黄油烙饼是甜的,眼泪是咸的。

一九八〇年三月

故乡的食物

炒米和焦屑

小时读《板桥家书》,"天寒冰冻时,穷亲戚朋友到门,先泡一大碗炒米送手中,佐以酱姜一小碟,最是暖老温贫之具",觉得很亲切。郑板桥是兴化人,我的家乡是高邮,风气相似。这样的感情,是外地人们不易领会的。炒米是各地都有的。但是很多地方都做成了炒米糖。这是很便宜的食品。孩子买了,咯咯地嚼着。四川有"炒米糖开水",车站码头都有的卖,那是泡着吃的。但四川的炒米糖似也是专业的作坊做的,不像我们那里。我们那里也有炒米糖,像别处一样,切成长方形的一块一块。也有搓成圆球的,叫作"欢喜团"。那也是作坊里做的。但通常所说的炒米,是不加糖黏结的,是"散装"的;而且不是作坊里做出来,是自己家里炒的。

说是自己家里炒，其实是请了人来炒的。炒炒米要点手艺，并不是人人都会的。入了冬，大概是过了冬至吧，有人背了一面大筛子，手持长柄的铁铲，大街小巷地走，这就是炒炒米的。有时带一个助手，多半是个半大孩子，是帮他烧火的。请到家里来，管一顿饭，给几个钱，炒一天。或二斗，或半石；像我们家人口多，一次得炒一石糯米。炒炒米都是把一年所需一次炒齐，没有零零碎碎炒的。过了这个季节，再找炒炒米的也找不着。一炒炒米，就让人觉得，快要过年了。

装炒米的坛子是固定的，这个坛子就叫"炒米坛子"，不做别的用途。舀炒米的东西也是固定的，一般人家大都是用一个香烟罐头。我的祖母用的是一个"柚子壳"。柚子，——我们那里柚子不多见，从顶上开一洞，把里面的瓤掏出来，再塞上米糠，风干，就成了一个硬壳的钵状的东西。她用这个柚子壳用了一辈子。

我父亲有一个很怪的朋友，叫张仲陶。他很有学问，曾教我读过《项羽本纪》。他薄有田产，不治生业，整天在家研究《易经》，算卦。他算卦用蓍草。全城只有他一个人用蓍草算卦。据说他有几卦算得极灵。有一家丢了一只金戒指，怀疑是女佣偷了。这女用人蒙了冤枉，来求张先生算一卦。张先生算了，说戒指没有丢，在你们家炒米坛盖子上。一找，果然。我小时就不大相信，算卦怎么能算得这样准，怎么能算得出在炒米坛盖子上呢？不过他的这一卦说明了一件事，即我们那里炒米坛子是几乎家家都有的。

炒米这东西实在说不上有什么好吃。家常预备，不过取其方便。用开水一泡，马上就可以吃。在没有什么东西好吃的时候，泡一碗，可代早晚茶。来了平常的客人，泡一碗，也算是点心。郑板桥说，"穷亲戚朋友到门，先泡一大碗炒米送手中"，也是说其省事，比下一碗挂面还要简单。炒米是吃不饱人的。一大碗，其实没有多少东西。我们那里吃泡炒米，一般是抓上一把白糖，如板桥所说，"佐以酱姜一小碟"，也有，少。我现在岁数大了，如有人请我吃泡炒米，我倒宁愿来一小碟酱生姜，——最好滴几滴香油，那倒是还有点意思的。另外还有一种吃法，用猪油煎两个嫩荷包蛋——我们那里叫作"蛋瘪子"，抓一把炒米和在一起吃。这种食品是只有"惯宝宝"才能吃得到的。谁家要是老给孩子吃这种东西，街坊就会有议论的。

我们那里还有一种可以急就的食品，叫作"焦屑"。煳锅巴磨成碎末，就是焦屑。我们那里，餐餐吃米饭，顿顿有锅巴。把饭铲出来，锅巴用小火烘焦，起出来，卷成一卷，存着。锅巴是不会坏的，不发馊，不长霉，攒够一定的数量，就用一具小石磨磨碎，放起来。焦屑也像炒米一样，用开水冲冲，就能吃了，焦屑调匀后成糊状，有点像北方的炒面，但比炒面爽口。

我们那里的人家预备炒米和焦屑，除了方便，原来还有一层意思，是应急。在不能正常煮饭时，可以用来充饥。这很有点像古代行军用的"糒"。有一年，记不得是哪一年，总之是我还小，还在上小学，党军（国民革命军）和联军（孙传芳的军队）在我们县境内开了仗，很多人都躲进了红十字会。不知道出于一种什么信念，大家都以为红十字会是哪一方的军队都不能打进去的，进了红十字会就安全了。红十字会设在炼阳观，这是一个道士观。我们一家带了一点行李进了炼阳观。祖母指挥着，特别关照，把一坛炒米和一坛焦屑带了去。我对这种打破常规的生活极感兴趣。晚上，爬到吕祖楼上去，看双方军队枪炮的火光在东北面不知什么地方一阵一阵地亮着，觉得有点紧张，也很好玩。很多人家住在一起，不能煮饭，这一晚上，我们是冲炒米、泡焦屑度过的。没有床铺，我把几个道士诵经用的蒲团拼起来，在上面睡了一夜。这实在是我小时候度过的一个浪漫主义的夜晚。

第二天，没事了，大家就都回家了。

炒米和焦屑和我家乡的贫穷和长期的动乱是有关系的。

端午的鸭蛋

家乡的端午，很多风俗和外地一样。系百索子。五色的丝线拧成小绳,系在手腕上。丝线是掉色的,洗脸时沾了水,手腕上就印得红一道绿一道的。做香角子。丝线缠成小粽子,里头装了香面,一个一个穿起来,挂在帐钩上。贴五毒。红纸剪成五毒,贴在门槛上。贴符。这符是城隍庙送来的。城隍庙的老道士还是我的寄名干爹,他每年端午节前就派小道士送符来,还有两把小纸扇。符送来了,就贴在堂屋的门楣上。一尺来长的黄色、蓝色的纸条,上面用朱笔画些莫名其妙的道道,这就能辟邪吗?喝雄黄酒。用酒和的雄黄在孩子的额头上画一个王字,这是很多地方都有的。有一个风俗不知别处有不:放黄烟子。黄烟子是大小如北方的麻雷子的炮仗,只是里面灌的不是硝药,而是雄黄。点着后不响,只是冒出一股黄烟,能冒好一会儿。把点着的黄烟子丢在橱柜下面,说是可以熏五毒。小孩子点了黄烟子,常把它的一头抵在板壁上写虎字。写黄烟虎字笔画不能断,所以我们那里的孩子都会写草书的"一笔虎"。还有一个风俗,是端午节的午饭要吃"十二红",就是十二道红颜色的菜。十二红里我只记得有炒红苋菜、油爆虾、咸鸭蛋,其余的都记不清,数不出了。也许十二红只是一个名目,不一定真凑足十二样。不过午饭的菜都是红的,这一点是我没有记错的,而且,苋菜、虾、鸭蛋,一定是有的。这三样,在我的家乡,都不贵,多数人家是吃得起的。

　　我的家乡是水乡。出鸭。高邮大麻鸭是著名的鸭种。鸭多,鸭蛋也多。高邮人也善于腌鸭蛋。高邮咸鸭蛋于是出了名。我在苏南、浙江，每逢有人问起我的籍贯，回答之后，对方就会肃然起敬："哦！你们那里出咸鸭蛋！"上海的卖腌腊的店铺里也卖咸鸭蛋，必用纸条特别标明："高邮咸蛋。"高邮还出双黄鸭蛋。别处鸭蛋也偶有双黄的，但不如高邮的多，可以成批输出。双黄鸭蛋味道其实无特别处。还不就是个鸭蛋！只是切开之后，里面圆圆的两个黄，使人惊奇不已。我对异乡人称道高邮鸭蛋，是不大高兴的，好像我们那穷地方就出鸭蛋似的！不过高邮的咸鸭蛋，确实是好，我走的地方不少，所食鸭蛋多矣，但和我家乡的完全不能相比！曾经沧海难为水，他乡咸鸭蛋，我实在瞧不上。袁枚的《随园食单·小菜单》有"腌蛋"一条。袁子才这个人我不喜欢，他的《食单》好些菜的做法是听来的，他自己并不会做菜。但是"腌蛋"这一条我看后却觉得很亲切，而且"与有荣焉"。文不长，录如下：

腌蛋以高邮为佳，颜色红而油多，高文端公最喜食之。席间，先夹取以敬客。放盘中，总宜切开带壳，黄白兼用；不可存黄去白，使味不全，油亦走散。

高邮咸蛋的特点是质细而油多。蛋白柔嫩，不似别处的发干、发粉，入口如嚼石灰。油多尤为别处所不及。鸭蛋的吃法，如袁子才所说，带壳切开，是一种，那是席间待客的办法。平常食用，一般都是敲破"空头"用筷子挖着吃。筷子头一扎下去，吱——红油就冒出来了。高邮咸蛋的黄是通红的。苏北有一道名菜，叫作"朱砂豆腐"，就是用高邮鸭蛋黄炒的豆腐。我在北京吃的咸鸭蛋，蛋黄是浅黄色的，这叫什么咸鸭蛋呢！

端午节，我们那里的孩子兴挂"鸭蛋络子"。头一天，就由姑姑或姐姐用彩色丝线打好了络子。端午一早，鸭蛋煮熟了，由孩子自己去挑一个，鸭蛋有什么可挑的呢？有！一要挑淡青壳的。鸭蛋壳有白的和淡青的两种。二要挑形状好看的。别说鸭蛋都是一样的，细看却不同。有的样子蠢，有的秀气。挑好了，装在络子里，挂在大襟的纽扣上。这有什么好看呢？然而它是孩子心爱的饰物。鸭蛋络子挂了多半天，什么时候孩子一高兴，就把络子里的鸭蛋掏出来，吃了。端午的鸭蛋，新腌不久，只有一点淡淡的咸味，白嘴吃也可以。

孩子吃鸭蛋是很小心的。除了敲去空头，不把蛋壳碰破。蛋黄蛋白吃光了，用清水把鸭蛋壳里面洗净，晚上捉了萤火虫来，装在蛋壳里，空头的地方糊一层薄罗。萤火虫在鸭蛋里一闪一闪地亮，好看极了！

小时读囊萤映雪故事，觉得东晋的车胤用练囊盛了几十只萤火虫,照了读书,还不如用鸭蛋壳来装萤火虫。不过用萤火虫照亮来读书,而且一夜读到天亮,这能行吗?车胤读的是手写的卷子,字大,若是读现在的新五号字,大概是不行的。

咸菜茨菰汤

一到下雪天,我们家就喝咸菜汤,不知是什么道理。是因为雪天买不到青菜?那也不见得。除非大雪三日,卖菜的出不了门,否则他们总还会上市卖菜的。这大概只是一种习惯。一早起来,看见飘雪花了,我这就知道:今天中午是咸菜汤!

咸菜是青菜腌的。我们那里过去不种白菜,偶有卖的,叫作"黄芽菜",是外地运去的,很名贵。一盘黄芽菜炒肉丝,是上等菜。平常吃的,都是青菜,青菜似油菜,但高大得多。入秋,腌菜,这时青菜正肥。把青菜成担地买来,洗净,晾去水气,下缸。一层菜,一层盐,码实,即成。随吃随取,可以一直吃到第二年春天。

腌了四五天的新咸菜很好吃,不咸,细、嫩、脆、甜,难可比拟。

咸菜汤是咸菜切碎了煮成的。到了下雪的天气,咸菜已经腌得很咸了,而且已经发酸。咸菜汤的颜色是暗绿的。没有吃惯的人，是不容易引起食欲的。

咸菜汤里有时加了茨菰片，那就是咸菜茨菰汤，或者叫茨菰咸菜汤，都可以。

我小时候对茨菰实在没有好感。这东西有一种苦味。民国二十年，我们家乡闹大水，各种作物减产，只有茨菰却丰收。那一年我吃了很多茨菰，而且是不去茨菰的嘴子的，真难吃。

我十九岁离乡，辗转漂流，三四十年没有吃到茨菰，并不想。

前好几年，春节后数日，我到沈从文老师家去拜年，他留我吃饭，师母张兆和炒了一盘茨菰肉片。沈先生吃了两片茨菰，说："这个好！格比土豆高。"我承认他这话。吃菜讲究"格"的高低，这种语言正是沈老师的语言。他是对什么事物都讲"格"的，包括对于茨菰、土豆。

因为久违，我对茨菰有了感情。前几年，北京的菜市场在春节前后有卖茨菰的。我见到，必要买一点回来加肉炒了。家里人都不怎么爱吃。所有的茨菰，都由我一个人"包圆儿"了。

北方人不识茨菰。我买茨菰，总要有人问我："这是什么？"——"茨菰。"——"茨菰是什么？"这可不好回答。

北京的茨菰卖得很贵，价钱和"洞子货"（温室所产）的西红柿、野鸡脖韭菜差不多。

我很想喝一碗咸菜茨菰汤。

我想念家乡的雪。

虎头鲨·昂嗤鱼·砗螯·螺蛳·蚬子

苏州人特重塘鳢鱼。上海人也是，一提起塘鳢鱼，眉飞色舞。塘鳢鱼是什么鱼？我向往之久矣。到苏州，曾想尝尝塘鳢鱼，未能如愿。后来我知道：塘鳢鱼就是虎头鲨，嗐！

塘鳢鱼亦称土步鱼。《随园食单》："杭州以土步鱼为上品。而金陵人贱之，目为虎头蛇。可发一笑。"虎头蛇即虎头鲨。这种鱼样子不好看，而且有点凶恶。浑身紫褐色，有细碎黑斑，头大而多骨，鳍如蝶翅。这种鱼在我们那里也是贱鱼，是不能上席的。苏州人做塘鳢鱼有清炒、椒盐多法。我们家乡通常的吃法是氽汤，加醋、胡椒。虎头鲨氽汤，鱼肉极细嫩，松而不散，汤味极鲜，开胃。

昂嗤鱼的样子也很怪，头扁嘴阔，有点像鲇鱼，无鳞，皮色黄，有浅黑色的不规整的大斑。无背鳍。而背上有一根很硬的尖锐的骨刺。用手捏起这根骨刺，它就发出昂嗤昂嗤小小的声音。这声音是怎么发出来的，我一直没弄明白。这种鱼是由这种声音得名的。它的学名是什么，只有去问鱼类学专家了。这种鱼没有很大的，七八寸长的，就算难得的了。这种鱼也很贱，连乡下人也看不起。我的一个亲戚在农村插队，见到昂嗤鱼，买了一些，农民都笑他："买这种鱼干什么！"昂嗤鱼其实是很好吃的。昂嗤鱼通常也是氽汤。虎头鲨是醋汤，昂嗤鱼不加醋，汤白如牛乳，是所谓"奶汤"。昂嗤鱼也极细嫩，鳃边的两块蒜瓣肉有大拇指大，堪称至味。有一年，北京一家鱼店不知从哪里运来一些昂嗤鱼，无人问津。顾客都不识这是啥鱼。有一位卖鱼的老师傅倒知道："这是昂嗤。"我看到，高兴极了，买了十来条。回家一做，满不是那么一回事！昂嗤要吃活的（虎头鲨也是活杀）。长途转运，又在冷库里冰了一些日子，肉质变硬，鲜味全失，一点意思都没有！

砗螯，我的家乡叫馋螯，砗螯是扬州人的叫法，我在大连见到花蛤，我以为就是砗螯，不是。形状很相似，入口全不同。花蛤肉粗而硬，咬不动。砗螯极柔软细嫩。砗螯好像是淡水里产的，但味道却似海鲜。有点像蛎黄，但比蛎黄味道清爽。比青蛤、蚶子味厚。砗螯可清炒，烧豆腐，或与咸肉同煮。砗螯烧乌青菜（江南人叫塌苦菜），风味绝佳。乌青菜如是经霜而现拔的，尤美。我不食砗螯四十五年矣。

砗螯壳稍呈三角形，质坚，白如细瓷，而有各种颜色的弧形花斑，有浅紫的，有暗红的，有赭石，墨蓝的，很好看。家里买了砗螯，挖出砗螯肉，我们就从一堆砗螯壳里去挑选，挑到好的，洗净了留起来玩。砗螯壳的铰合部有两个突出的尖嘴子，把尖嘴子在糙石上磨磨，不一会儿就磨出两个小圆洞，含在嘴里吹，呜呜地响，且有细细颤音，如风吹窗纸。

螺蛳处处有之。我们家乡清明吃螺蛳，谓可以明目。用五香煮熟螺蛳，分给孩子，一人半碗，由他们自己用竹签挑着吃。孩子吃了螺蛳，用小竹弓把螺蛳壳射到屋顶上，喀拉喀拉地响。夏天"检漏"，瓦匠总要扫下好些螺蛳壳。这种小弓不做别的用处，就叫作螺蛳弓，我在小说《戴车匠》里对螺蛳弓有较详细的描写。

蚬子是我所见过的贝类里最小的了，只有一粒瓜子大。蚬子是剥了壳卖的。剥蚬子的人家附近堆了好多蚬子壳，像一个坟头。蚬子炒韭菜，很下饭。这种东西非常便宜，为小户人家的恩物。

有一年修运河堤。按工程规定，有一段堤面应铺碎石，包工的贪污了款子，在堤面铺了一层蚬子壳。前来检收的委员，坐在汽车里，向外一看，白花花的一片，还抽着雪茄烟，连说："很好！很好！"

我的家乡富水产。鱼中之名贵的是鳊鱼、白鱼（尤重翘嘴白）、鳟花鱼（即鳜鱼），谓之"鳊、白、鳟"。虾有青虾、白虾。蟹极肥。以无特点，故不及。

野鸭·鹌鹑·斑鸠·鵽

过去我们那里野鸭子很多。水乡,野鸭子自然多。秋冬之际,天上有时"过"野鸭子,黑乎乎的一大片,在地上可以听到它们鼓翅的声音,呼呼的,好像刮大风。野鸭子是枪打的(野鸭肉里常常有很细的铁沙子,吃时要小心),但打野鸭子的人自己不进城来卖。卖野鸭子有专门的摊子。有时卖鱼的也卖野鸭子,把一个养活鱼的木盆翻过来,野鸭一对一对地摆在盆底,卖野鸭子是不用秤约的,都是一对一对地卖。野鸭子是有一定分量的。依分量大小,有一定的名称,如"对鸭""八鸭"。哪一种有多大分量,我现在已经记不清了。卖野鸭子都是带毛的。卖野鸭子的可以代客当场去毛,拔野鸭毛是不能用开水烫的。野鸭子皮薄,一烫,皮就破了。干拔,卖野鸭子的把一只鸭子放入一个麻袋里,一手提鸭,一手拔毛,一会儿就拔净了。——放在麻袋里拔,是防止鸭毛飞散。代客拔毛,不另收费,卖野鸭子的只要那一点鸭毛。——野鸭毛是值钱的。

野鸭的吃法通常是切块红烧。清炖大概也可以吧,我没有吃过。野鸭子肉的特点是:细、"酥",不像家鸭每每肉老。野鸭烧咸菜是我们那里的家常菜。里面的咸菜尤其是佐粥的妙品。

现在我们那里的野鸭子很少了。前几年我回乡一次,偶有,卖得很贵。原因据说是因为县里对各乡水利做了全面综合治理，过去的水荡子、荒滩少了，野鸭子无处栖息。而且，野鸭子过去是吃收割后遗撒在田里的谷粒的，现在收割得很干净，颗粒归仓，野鸭子没有什么可吃的，不来了。

鹌鹑是网捕的。我们那里吃鹌鹑的人家少，因为这东西只有由乡下的亲戚送来，市面上没有卖的。鹌鹑大都是用五香卤了吃。也有用油炸了的。鹌鹑能斗，但我们那里无斗鹌鹑的风气。

我看见过猎人打斑鸠。我在读初中的时候，午饭后，我到学校后面的野地里去玩。野地里有小河，有野蔷薇，有金黄色的茼蒿花，有苍耳（苍耳子有小钩刺，能挂在衣裤上，我们管它叫"万把钩"），有才抽穗的芦荻。在一片树林里，我发现一个猎人。我们那里猎人很少，我从来没有见过猎人，但是我一看见他，就知道：他是一个猎人。这个猎人给我一个非常猛厉的印象。他穿了一身黑，下面却缠了鲜红的绑腿。他很瘦。他的眼睛黑，而冷。他握着枪。他在干什么？树林上面飞过一只斑鸠。他在追逐这只斑鸠。斑鸠分明已经发现猎人了。它想逃脱。斑鸠飞到北面，在树上落一落，猎人一步一步往北走。斑鸠连忙往南面飞，猎人扬头看了一眼，斑鸠落定了，猎人又一步一步往南走，非常冷静。这是一场无声的，然而非常紧张的、坚持的较量。斑鸠来回飞，猎人来回走。我很奇怪，为什么斑鸠不往树林外面飞。这样几个来回，斑鸠慌了神了，它飞得不稳了，歪歪倒倒的，失去了原来均匀的节奏。忽然，砰——，枪声一响，斑鸠应声而落。猎人走过去，拾起斑鸠，看了看，装在猎袋里。他的眼睛很黑，很冷。

我在小说《异秉》里提到王二的熏烧摊子上，春天，卖一种叫作"鶄"的野味，鶄这种东西我在别处没看见过。"鶄"这个字很多人也不认得。多数字典里不收。《辞海》里倒有这个字，标音为duò（又读zhuā）。zhuā与我乡读音较近，但我们那里是读入声的，这只有用国际音标才标得出来。即使用国际音标标出，在不知道"短促急收藏"的北方人也是读不出来的。《辞海》"鶄"字条下注云"见鶄鸠"，似以为"鶄"即"鶄鸠"。而在"鶄鸠"条下注云："鸟名。雉属。即'沙鸡'。"这就不对了。沙鸡我是见过的，吃过的。内蒙、张家口多出沙鸡。《尔雅·释鸟》郭璞注："出北方沙漠地。"不错。北京冬季偶尔也有卖的。沙鸡嘴短而红，腿也短。我们那里的鶄却是水鸟，嘴长，腿也长。鶄的滋味和沙鸡有天渊之别。沙鸡肉较粗，略带酸味；鶄肉极细，非常香。我一辈子没有吃过比鶄更香的野味。

蒌蒿·枸杞·荠菜·马齿苋

小说《大淖记事》:"春初水暖,沙洲上冒出很多紫红色的芦芽和灰绿色的蒌蒿,很快就是一片翠绿了。"我在书面下方加了一条注:"蒌蒿是生于水边的野草,粗如笔管,有节,生狭长的小叶,初生二寸来高,叫作'蒌蒿薹子',加肉炒食极清香。……"蒌蒿的蒌字,我小时不知怎么写,后来偶然看了一本什么书,才知道的。这个字音"吕"。我小学有一个同班同学,姓吕,我们就给他起了个外号,叫"蒌蒿薹子"(蒌蒿薹子家开了一爿糖坊,小学毕业后未升学,我们看见他坐在糖坊里当小老板,觉得很滑稽)。但我查了几本字典,"蒌"都音"楼",我有点恍惚了。"楼""吕"一声之转。许多从"娄"的字都读"吕",如"屡""缕""褛"……这本来无所谓,读"楼"读"吕",关系不大。但字典上都说蒌蒿是蒿之一种,即白蒿,我却有点不以为然了。我小说里写的蒌蒿和蒿其实不相干。读苏东坡《惠崇春江晚景》诗:"竹外桃花三两枝,春江水暖鸭先知。蒌蒿满地芦芽短,正是河豚欲上时。"此蒌蒿生于水边,与芦芽为伴,分明是我的家乡人所吃的蒌蒿,非白蒿。或者"即白蒿"的蒌蒿别是一种,未可知矣。深望懂诗、懂植物学也懂吃的博雅君子有以教我。

我的小说注文中所说的"极清香",很不具体,嗅觉和味觉是很难比方,无法具体的。昔人以为荔枝味似软枣,实在是风马牛不相及。我所谓"清香",即食时如坐在河边闻到新涨的春水的气味。这是实话,并非故作玄言。

枸杞到处都有。开花后结长圆形的小浆果,即枸杞子。我们叫它"狗奶子",形状颇像。本地产的枸杞子没有入药的,大概不如宁夏产的好。枸杞是多年生植物。春天,冒出嫩叶,即枸杞头。枸杞头是容易采到的。偶尔也有近城的乡村的女孩子采了,放在竹篮里叫卖:"枸杞头来!……"枸杞头可下油盐炒食;或用开水焯了,切碎,加香油、酱油、醋,凉拌了吃。那滋味,也只能说"极清香"。春天吃枸杞头,云可以清火,如北方人吃苣荬菜一样。

"三月三,荠菜花赛牡丹。"俗谓是日以荠菜花置灶上,则蚂蚁不上锅台。

北京也偶有荠菜卖。菜市上卖的是园子里种的,茎白叶大,颜色较野生者浅淡,无香气。农贸市场间有南方的老太太挑了野生的来卖,则又过于细瘦,如一团乱发,制熟后强硬扎嘴。总不如南方野生的有味。

江南人惯用荠菜包春卷,包馄饨,甚佳。我们家乡有用来包春卷的,用来包馄饨的没有,——我们家乡没有"菜肉馄饨"。

一般是凉拌。荠菜焯熟剁碎,界首茶干切细丁,入虾米,同拌。这道菜是可以上酒席做凉菜的。酒席上的凉拌荠菜都用手抟成一座尖塔,临吃推倒。

马齿苋现在很少有人吃。古代这是相当重要的菜蔬。苋分人苋、马苋。人苋即今苋菜,马苋即马齿苋。我的祖母每于夏天摘肥嫩的马齿苋晾干,过年时做馅包包子。她是吃长斋的,这种包子只有她一个人吃。我有时从她的盘子里拿一个,蘸了香油吃,挺香。马齿苋有点淡淡的酸味。

马齿苋开花,花瓣如一小囊。我们有时捉了一个哑巴知了,——知了是应该会叫的,捉住一个哑巴,多么扫兴!于是就摘了两个马齿苋的花瓣套住它的眼睛,——马齿苋花瓣套知了眼睛正合适,一撒手,这知了就拼命往高处飞,一直飞到看不见!

三年困难时期,我在张家口沙岭子吃过不少马齿苋。那时候,这是宝物!

载一九八六年第五期《雨花》

萝卜

杨花萝卜即北京的小水萝卜。因为是杨花飞舞时上市卖的,我的家乡名之曰"杨花萝卜"。这个名称很富于季节感。我家不远的街口一家茶食店的屋下有一个岁数大的女人摆一个小摊子,卖供孩子食用的便宜的零吃。杨花萝卜下来的时候,卖萝卜。萝卜一把一把地码着。她不时用炊帚洒一点水,萝卜总是鲜红的。给她一个铜板,她就用小刀切下三四根萝卜。萝卜极脆嫩,有甜味,富水分。自离家乡后,我没有吃过这样好吃的萝卜。或者不如说自我长大后没有吃过这样好吃的萝卜。小时候吃的东西都是最好吃的。

除了生嚼,杨花萝卜也能拌萝卜丝。萝卜斜切为薄片,再切为细丝,加酱油、醋、香油略拌,撒一点青蒜,极开胃。小孩的顺口溜唱道:

> 人之初，
>
> 鼻涕拖，
>
> 油炒饭，
>
> 拌萝菠①。

油炒饭加一点葱花，在农村算是美食，佐以拌萝卜丝一碟，吃起来是很香的。

萝卜丝与细切的海蜇皮同拌，在我的家乡是上酒席的，与香干拌荠菜、盐水虾、松花蛋同为凉碟。

北京的拍水萝卜也不错，但宜少入白糖。

北京人用水萝卜切片，氽羊肉汤，味鲜而清淡。

烧小萝卜，来北京前我没有吃过（我的家乡杨花萝卜没有熟吃的），很好。有一位台湾女作家来北京，要我亲自做一顿饭请她吃。我给她做了几个菜，其中一个是烧小萝卜。她吃了赞不绝口。那当然是不难吃的；那两天正是小萝卜最好吃的时候，都长足了，但还很嫩，不糠；而且我是用干贝烧的。她说台湾没有这种水萝卜。

我们家乡有一种穿心红萝卜，粗如黄酒盏，长可三四寸，外

---

① 我的家乡称萝卜为萝菠。

皮深紫红色，里面的肉有放射形的紫红纹，紫白相间，若是横切开来，正如中药里的槟榔片（卖时都是直切），当中一线贯通，色极深，故名穿心红。卖穿心红萝卜的挑担，与山芋（红薯）同卖，山芋切厚片。都是生吃。

紫萝卜不大，大的如一个大衣扣子，扁圆形，皮色乌紫。据说这是五倍子染的。看来不是本色，因为它掉色，吃了，嘴唇牙肉也是乌紫乌紫的。里面的肉却是嫩白的。这种萝卜非本地所产，产在泰州。每年秋末，就有泰州人来卖紫萝卜，都是女的，挎一个柳条篮子，沿街吆喝："紫萝——卜！"

我在淮安第一回吃到青萝卜。曾在淮安中学借读过一个学期，一到星期日，就买了七八个青萝卜、一堆花生，几个同学，尽情吃一顿。后来我到天津吃过青萝卜，觉得淮安青萝卜比天津的好。大抵一种东西第一回吃，总是最好的。

天津吃萝卜是一种风气。五十年代初，我到天津，一个同学的父亲请我们到天华景听曲艺。座位之前有一溜长案，摆得满满的，除了茶壶茶碗，瓜子花生米碟子，还有几大盘切成薄片的青萝卜。听"玩意儿"吃萝卜，此风为别处所无。天津谚云"吃了萝卜喝热茶，气得大夫满街爬"，吃萝卜喝茶，此风亦为别处所无。

心里美萝卜是北京特色。一九四八年冬天，我到了北京，街头巷尾，每每听到吆喝："哎——萝卜，赛梨来——辣来换……"声音高亮打远。看来在北京做小买卖的，都得有条好嗓子。卖"萝卜赛梨"的，萝卜都是一个一个挑选过的，用手指头一弹，当当的；一刀切下去，咔嚓嚓地响。

我在张家口沙岭子劳动，曾参加过收心里美萝卜。张家口土质于萝卜相宜，"心里美"皆甚大。收萝卜时是可以随便吃的。和我一起收萝卜的农业工人起出一个萝卜，看一看，不怎么样的，随手就扔进了大堆。一看，这个不错，往地下一扔，叭嚓，裂成了几瓣，"行！"于是各拿一块啃起来，甜，脆，多汁，难可名状。他们说："吃萝卜，讲究吃'棒打萝卜'。"

张家口的白萝卜也很大。我参加过张家口地区农业展览会的布置工作，送展的白萝卜都特大。白萝卜有象牙白和露八分。露八分即八分露出土面，露出土面部分外皮淡绿色。

我的家乡无此大白萝卜，只是粗如小儿臂而已。家乡吃萝卜只是红烧，或素烧，或与臀肩肉同烧。

江南人特重白萝卜炖汤，常与排骨或猪肉同炖。白萝卜耐久炖，久则出味。或入淡菜，味尤厚。沙汀《淘金记》写么吵吵每天用牙巴骨炖白萝卜，吃得一家脸上都是油光光的。天天吃是不行的，隔几天吃一次，想亦不恶。

四川人用白萝卜炖牛肉，甚佳。

扬州人、广东人制萝卜丝饼，极妙。北京东华门大街曾有外地人制萝卜丝饼，生意极好。此人后来不见了。

北京人炒萝卜条，是家常下饭菜。或入酱炒，则为南方人所不喜。

白萝卜最能消食通气。我们在湖南体验生活，有位领导同志，接连五天大便不通，吃了各种药都不见效，憋得他难受得不行。后来生吃了几个大白萝卜，一下子畅通了。奇效如此，若非亲见，很难相信。

萝卜是腌制咸菜的重要原料。我们那里，几乎家家都要腌萝卜干。腌萝卜干的是红皮圆萝卜。切萝卜时全家大小一齐动手。孩子切萝卜，觉得这个一定很甜，尝一瓣，甜，就放在一边，自己吃。切一天萝卜，每个孩子肚子里都装了不少。萝卜干盐渍后须在芦席上摊晒，水气干后，入缸，压紧、封实，一两月后取食。我们那里说在商店学徒（学生意）要"吃三年萝卜干饭"，谓油水少也。学徒不到三年零一节，不满师，吃饭须自觉，筷子不能往荤菜盘里伸。

扬州一带酱园里卖萝卜头，乃甜面酱所腌，口感甚佳。孩子们爱吃，一半也因为它的形状很好玩，圆圆的，比一个鸽子蛋略大。此北地所无，天源、六必居都没有。

北京有小酱萝卜，佐粥甚佳。大腌萝卜咸得发苦，不好吃。

四川泡菜什么萝卜都可以泡,红萝卜、白萝卜。

湖南桑植卖泡萝卜。走几步,就有个卖泡萝卜的摊子。萝卜切成大片,泡在广口玻璃瓶里,给毛把钱即可得一片,边走边吃。峨眉山道边也有卖泡萝卜的,一面涂了一层稀酱。

萝卜原产中国,所以中国的为最好。有春萝卜、夏萝卜、秋萝卜、四季萝卜,一年到头都有。可生食、煮食、腌制。萝卜所惠于中国人者亦大矣。美国有小红萝卜,大如元宵,皮色鲜红可爱,吃起来则淡而无味。异域得此,聊胜于无。爱伦堡[1]小说写几个艺术家吃奶油蘸萝卜,喝伏特加,不知是不是这种红萝卜。我在爱荷华[2]南朝鲜人[3]开的菜铺的仓库里看到一堆"心里美",大喜。买回来一吃,味道满不对,形似而已。日本人爱吃萝卜,好像是煮熟蘸酱吃的。

载一九九〇年第三期《十月》

---

[1] 爱伦堡(1891—1976),苏联作家。——编者注
[2] 艾奥瓦。——编者注
[3] 韩国人。——编者注

五味

山西人真能吃醋!几个山西人在北京下饭馆,坐定之后,还没有点菜,先把醋瓶子拿过来,每人喝了三调羹醋。邻座的客人直瞪眼。有一年我到太原去,快过春节了。别处过春节,都供应一点好酒,太原的油盐店却都贴出一个条子:"供应老陈醋,每户一斤。"这在山西人是大事。

山西人还爱吃酸菜,雁北尤甚。什么都拿来酸,除了萝卜白菜,还包括杨树叶子、榆树钱儿。有人来给姑娘说亲,当妈的先问,那家有几口酸菜缸。酸菜缸多,说明家底子厚。

辽宁人爱吃酸菜白肉火锅。

北京人吃羊肉酸菜汤下杂面。

福建人、广西人爱吃酸笋。我和贾平凹在南宁,不爱吃招待所的饭,到外面瞎吃。平凹一进门,就叫:"老友面!""老友面"者,酸笋肉丝氽汤下面也,不知道为什么叫作"老友"。

傣族人也爱吃酸。酸笋炖鸡是名菜。

延庆山里夏天爱吃酸饭。把好好的饭焐酸了，用井拔凉水一和，呼呼地就下去了三碗。

都说苏州菜甜，其实苏州菜只是淡，真正甜的是无锡。无锡炒鳝糊放那么多糖！包子的肉馅里也放很多糖，没法吃！

四川夹沙肉用大片肥猪肉夹了洗沙蒸，广西芋头扣肉用大片肥猪肉夹芋泥蒸，都极甜，很好吃，但我最多只能吃两片。

广东人爱吃甜食。昆明金碧路有一家广东人开的甜品店，卖芝麻糊、绿豆沙，广东同学趋之若鹜。"番薯糖水"即用白薯切块熬的汤，这有什么好喝的呢？广东同学曰："好嘢！"

北方人不是不爱吃甜，只是过去糖难得。我家曾有老保姆，正定乡下人，六十多岁了。她还有个婆婆，八十几了。她有一次要回乡探亲，临行称了两斤白糖，说她的婆婆就爱喝个白糖水。

北京人很保守，过去不知苦瓜为何物，近年有人学会吃了。菜农也有种的了。农贸市场上有很好的苦瓜卖，属于"细菜"，价颇昂。

北京人过去不吃蕹菜，不吃木耳菜，近年也有人爱吃了。

北京人在口味上开放了！

北京人过去就知道吃大白菜。由此可见，大白菜主义是可以被打倒的。

北方人初春吃苣荬菜。苣荬菜分甜荬、苦荬，苦荬相当地苦。

有一个贵州的年轻女演员上我们剧团学戏，她的妈妈不远迢迢给她寄来一包东西，是"择耳根"，或名"则尔根"，即鱼腥草。她让我尝了几根。这是什么东西？苦，倒不要紧，它有一股强烈的生鱼腥味，实在招架不了！

剧团有一干部，是写字幕的，有时也管杂务。此人是个吃辣的专家。他每天中午饭不吃菜，吃辣椒下饭。全国各地的，少数民族的，各种辣椒，他都千方百计地弄来吃，剧团到上海演出，他帮助搞伙食，这下好，不会缺辣椒吃。原以为上海辣椒不好买，他下车第二天就找到一家专卖各种辣椒的铺子。上海人有一些是能吃辣的。

我的吃辣是在昆明练出来的，曾跟几个贵州同学在一起用青辣椒在火上烧烧，蘸盐水下酒。平生所吃之辣椒多矣，什么朝天椒、野山椒，都不在话下。我吃过最辣的辣椒是在越南。一九四七年，由越南转道往上海，在海防街头吃牛肉粉，牛肉极嫩，汤极鲜，辣椒极辣，一碗汤粉，放三四丝辣椒就辣得不行。这种辣椒的颜色是橘黄色的。在川北，听说有一种辣椒本身不能吃，用一根线吊在灶上，汤做得了，把辣椒在汤里涮涮，就辣得不得了。云南佤族有一种辣椒，叫"涮涮辣"，与川北吊在灶上的辣椒大概不相上下。

四川不能说是最能吃辣的省份，川菜的特点是辣且麻，——搁很多花椒。四川的小面馆的墙壁上黑漆大书三个字："麻辣烫。"麻婆豆腐、干煸牛肉丝、棒棒鸡，不放花椒不行。花椒得是川椒，捣碎，菜做好了，最后再放。

周作人说他的家乡整年吃咸极了的咸菜和咸极了的咸鱼，浙东人确实吃得很咸。有个同学，是台州人，到铺子里吃包子，掰开包子就往里倒酱油。口味的咸淡和地域是有关系的。北京人说南甜北咸东辣西酸，大体不错。河北、东北人口重，福建菜多很淡。但这与个人的性格习惯也有关。湖北菜并不咸，但闻一多先生却嫌云南蒙自的菜太淡。

中国人过去对吃盐很讲究，如桃花盐、水晶盐，"吴盐胜雪"，现在则全国都吃再制精盐。只有四川人腌咸菜还坚持用自贡产的井盐。

我不知道世界上还有什么国家的人爱吃臭。

过去上海、南京、汉口都卖油炸臭豆腐干。长沙火宫殿的臭豆腐因为一个大人物年轻时常吃而出名。这位大人物后来还去吃过，说了一句话："火宫殿的臭豆腐还是好吃。""文化大革命"中火宫殿的影壁上就出现了两行大字：

最高指示：

火宫殿的臭豆腐还是好吃。

我们一个同志到南京出差，他的爱人是南京人，嘱咐他带一点臭豆腐干回来。他千方百计，居然办到了。带到火车上，引起一车厢的人强烈抗议。

除豆腐干外，面筋、百叶（千张）皆可臭。蔬菜里的莴苣、冬瓜、豇豆皆可臭。冬笋的老根咬不动，切下来随手就扔进臭坛子里。——我们那里很多人家都有个臭坛子，一坛子"臭卤"。腌芥菜挤下的汁放几天即成"臭卤"。臭物中最特殊的是臭苋菜秆。苋菜长老了，主茎可粗如拇指，高三四尺，截成二寸许小段，入臭坛。臭熟后，外皮是硬的，里面的芯成果冻状。嚼住一头，一吸，芯肉即入口中。这是佐粥的无上妙品。我们那里叫作"苋菜秸子"，湖南人谓之"苋菜咕"，因为吸起来"咕"的一声。

北京人说的臭豆腐指臭豆腐乳。过去是小贩沿街叫卖的："臭豆腐，酱豆腐，王致和的臭豆腐。"臭豆腐就贴饼子，熬一锅虾米皮白菜汤，好饭！现在王致和的臭豆腐用很大的玻璃方瓶装，很不方便，一瓶一百块，得很长时间才能吃完，而且卖得很贵，成了奢侈品。我很希望这种包装能改进，一器装五块足矣。

我在美国吃过最臭的"气死"（干酪），洋人多闻之掩鼻，对我说起来实在没有什么，比臭豆腐差远了。

甚矣，中国人口味之杂也，敢说堪为世界之冠。

载一九九〇年第四期《中国作家》

豆腐

豆腐点得比较老的，为北豆腐。听说张家口地区有一个堡里的豆腐能用秤钩钩起来，扛着秤杆走几十里路。这是豆腐吗？点得较嫩的是南豆腐。再嫩即为豆腐脑。比豆腐脑稍老一点的，有北京的"老豆腐"和四川的豆花。比豆腐脑更嫩的是湖南的水豆腐。

豆腐压紧成形，是豆腐干。

卷在白布层中压成大张的薄片，是豆腐片。东北叫干豆腐。压得紧而且更薄的，南方叫百叶或千张。

豆浆锅的表面凝结的一层薄皮撩起晾干，叫豆腐皮，或叫油皮。我的家乡则简单地叫作皮子。

豆腐最简便的吃法是拌。买回来就能拌。或入开水锅略烫，去豆腥气。不可久烫，久烫则豆腐收缩发硬。香椿拌豆腐是拌豆腐里的上上品。嫩香椿头，芽叶未舒，颜色紫赤，嗅之香气扑鼻,入开水稍烫,梗叶转为碧绿,捞出,揉以细盐,候冷,切为碎末,与豆腐同拌(以南豆腐为佳),下香油数滴。一箸入口,三春不忘。香椿头只卖得数日,过此则叶绿梗硬,香气大减。其次是小葱拌豆腐。北京有歇后语"小葱拌豆腐——一青二白",可见这是北京人家家都吃的小菜。拌豆腐特宜小葱,小葱嫩,香。葱粗如指,以拌豆腐,滋味即减。我和林斤澜在武夷山,住一招待所。斤澜爱吃拌豆腐,招待所每餐皆上拌豆腐一大盘,但与豆腐同拌的是青蒜。青蒜炒回锅肉甚佳,以拌豆腐,配搭不当。北京人有用韭菜花、青椒糊拌豆腐的,这是侉吃法,南方人不敢领教。而南方人吃的松花蛋拌豆腐,北方人也觉得岂有此理。这是一道上海菜,我第一次吃到却是在香港的一家上海饭馆里,是吃阳澄湖大闸蟹之前的一道凉菜。北豆腐、松花蛋切成小骰子块,同拌,无姜汁蒜泥,只少放一点盐而已。好吃吗?用上海话说:"蛮崭格!"用北方话说:"旱香瓜——另一个味儿。"咸鸭蛋拌豆腐也是南方菜,但必须用敝乡所产"高邮咸蛋"。高邮咸蛋蛋黄色如朱砂,多油,和豆腐拌在一起,红白相间,只是颜色即可使人胃口大开。别处的咸鸭蛋,尤其是北方的,蛋黄色浅,又无油,却不中吃。

烧豆腐大体可分为两大类:用油煎过再加料烧的;不过油煎的。

北豆腐切成厚二分的长方块，热锅温油两面煎。油不必多，因豆腐不吃油。最好用平底锅煎。不要煎得太老，稍结薄壳，表面发皱，即可铲出，是名"虎皮"。用已备好的肥瘦各半熟猪肉，切大片，下锅略煸，加葱、姜、蒜、酱油、绵白糖，兑入原猪肉汤，将豆腐推入，加盖猛火煮二三开，即放小火咕嘟。约十五分钟，收汤，即可装盘。这就是"虎皮豆腐"。如加冬菇、虾米、辣椒及豆豉即是"家乡豆腐"。或加菌油，即是湖南有名的"菌油豆腐"——菌油豆腐也有不用油煎的。

"文思和尚豆腐"是清代扬州有名的素菜，好几本菜谱著录，但我在扬州一带的寺庙和素菜馆的菜单上都没有见到过。不知道文思和尚豆腐是过油煎了的，还是不过油煎的。我无端地觉得是油煎了的，而且无端地觉得是用黄豆芽吊汤，加了上好的口蘑或香蕈、竹笋，用极好秋油，文火熬成。什么时候材料凑手，我将根据想象，试做一次文思和尚豆腐。我的文思和尚豆腐将是素菜荤做，放猪油，放虾子。

虎皮豆腐切大片，不过油煎的烧豆腐则宜切块，六七分见方。北方小饭铺里肉末烧豆腐，是常备菜。肉末烧豆腐亦称家常豆腐。烧豆腐里的翘楚，是麻婆豆腐。相传有位陈婆婆，脸上有几粒麻子，在乡场上摆一个饭摊，挑油的脚夫路过，常到她的饭摊上吃饭，陈婆婆把油桶底下剩的油刮下来，给他们烧豆腐。后来大人先生也特意来吃她烧的豆腐。于是麻婆豆腐名闻遐迩。陈麻婆是个值得纪念的人物，中国烹饪史上应为她大书一笔，因为麻婆豆腐确实很好吃。做麻婆豆腐的要领是：一要油多；二要用牛肉末。我曾做过多次麻婆豆腐，都不是那个味儿，后来才知道我用的是瘦猪肉末。牛肉末不能用猪肉末代替。三是要用郫县豆瓣。豆瓣须剁碎。四是要用文火，俟汤汁渐渐收入豆腐，才起锅。五是起锅时要撒一层川花椒末。一定得用川花椒，即名为"大红袍"者。用山西、河北花椒，味道即差。六是盛出就吃。如果正在喝酒说话，应该把说话的嘴腾出来。麻婆豆腐必须是：麻、辣、烫。

昆明最便宜的小饭铺里有小炒豆腐。猪肉末，肥瘦，豆腐捏碎，同炒，加酱油，起锅时下葱花。这道菜便宜，实惠，好吃。不加酱油而用盐，与番茄同炒，即为番茄炒豆腐。番茄须烫过，撕去皮，炒至成酱，番茄汁渗入豆腐，乃佳。

砂锅豆腐须有好汤，骨头汤或肉汤，小火炖，至豆腐起蜂窝，方好。砂锅鱼头豆腐，用花鲢（即胖头鱼）头，劈为两半，下冬菇、扁尖（腌青笋）、海米，汤清而味厚，非海参鱼翅可及。

"汪豆腐"好像是我的家乡菜。豆腐切成指甲盖大的小薄片，推入虾子酱油汤中，滚几开，勾薄芡，盛大碗中，浇一勺熟猪油，即得。叫作"汪豆腐"，大概因为上面泛着一层油。用勺舀了吃。吃时要小心，不能性急，因为很烫。滚开的豆腐，上面又是滚开的油，吃急了会烫坏舌头。我的家乡人喜欢吃烫的东西，语云："一烫抵三鲜。"乡下人家来了客，大都做一个汪豆腐应急。周巷汪豆腐很有名。我没有到过周巷，周巷汪豆腐好，我想无非是虾子多，油多。近年高邮新出一道名菜——雪花豆腐，用盐，不用酱油。我想给家乡的厨师出个主意——加入蟹白（雄蟹白的油，即蟹的精子），这样雪花豆腐就更名贵了。

不知道为什么，北京的老豆腐现在见不着了，过去卖老豆腐的摊子是很多的。老豆腐其实并不老，老，也许是和豆腐脑相对而言。老豆腐的佐料很简单：芝麻酱、腌韭菜末。爱吃辣的浇一勺青椒糊。坐在街边摊头的矮脚长凳上，要一碗老豆腐，就半斤旋烙的大饼，夹一个薄脆，是一顿好饭。

四川的豆花是很妙的东西，我和几个作家到四川旅游，在乐山吃饭。几位作家都去了大馆子，我和林斤澜钻进一家只有穿草鞋的乡下人光顾的小店，一人要了一碗豆花。豆花只是一碗白汤，啥都没有。豆花用筷子夹出来，蘸"味碟"里的佐料吃。味碟里主要是豆瓣。我和斤澜各吃了一碗热腾腾的白米饭，很美。豆花汤里或加切碎的青菜，则为"菜豆花"。北京的豆花庄的豆花乃以鸡汤煨成，过于讲究，不如乡坝头的豆花存其本味。

北京的豆腐脑过去浇羊肉口蘑渣熬成的卤。羊肉是好羊肉，口蘑渣是碎黑片蘑,还要加一勺蒜泥水。现在的卤,羊肉极少,不放口蘑,只是一锅稠糊糊的酱油黏汁而已。即便是过去浇卤的豆腐脑,我觉得也不如我们家乡的豆腐脑。我们那里的豆腐脑温在紫铜扁钵的锅里,用紫铜平勺盛在碗里,加秋油、滴醋、一点点麻油、小虾米、榨菜末、芹菜(药芹,即水芹菜)末,清清爽爽,而多滋味。

中国豆腐的做法多矣,不胜记载。四川作家高缨请我们在乐山的山上吃过一次豆腐宴,豆腐十好几样,风味各别,不相雷同。特别是豆腐的质量极好。掌勺的老师傅从磨豆腐到烹制,都是亲自为之,绝不假手旁人。这一顿豆腐宴可称寰中一绝!

豆腐干南北皆有。北京的豆腐干比较有特点的是熏干。熏干切长片拌芹菜,很好。熏干的烟熏味和芹菜的芹菜香相得益彰。花干、苏州干是从南边传过来的,北京原先没有。北京的苏州干只是用味精取鲜,苏州的小豆腐干是用酱油、糖、冬菇汤煮出后晾得半干的,味长而耐嚼。从苏州上车,买两包小豆腐干,可以一直嚼到郑州。香干亦称茶干。我在小说《茶干》中有较细的描述:

……豆腐出净渣,装在一个小蒲包里,包口扎紧,入锅,码好,投料,加上好香油,上面用石头压实,文火煨煮。要煮很长时间。煮得了，再一块一块从蒲包里倒出来，这种茶干是圆形的，周围较厚，中间较薄，周身有蒲包压出来的细纹，……这种茶干外皮是深紫黑色的，掰了，里面是浅褐色的。很结实，嚼起来很有咬劲儿，越嚼越香，是佐茶的妙品，所以，叫作"茶干"。

茶干原出界首镇，故称"界首茶干"。据说乾隆南巡，过界首，曾经品尝过。

干丝是淮扬名菜。大方豆腐干，快刀横披为片，刀工好的师傅一块豆腐干能片十六片；再立刀切为细丝。这种豆腐干是特制的，极坚致，切丝不断，又绵软，易吸汤汁。旧本只有拌干丝。干丝入开水略煮，捞出后装高足浅碗，浇麻油酱醋。青蒜切寸段，略焯，五香花生米搓去皮，同拌，尤妙。煮干丝的兴起也就是五六十年的事。干丝母鸡汤煮，加开阳（大虾米），火腿丝。我很留恋拌干丝，因为味道清爽，现在只能吃到煮干丝了。干丝本不是"菜"，只是吃包子烧麦的茶馆里在上点心之前喝茶时的闲食。现在则是全国各地淮扬菜系的饭馆里都预备了。我在北京常做煮干丝，成了我们家的保留节目。北京很少遇到大白豆腐干，只能用豆腐片或百叶切丝代替。口感稍差，味道却不逊色，因为我的煮干丝里下了干贝。煮干丝没有什么诀窍，什么鲜东西都可往里搁。干丝上桌前要放细切的姜丝，要嫩姜。

臭豆腐是中国人的一大发明。我在上海、武汉都吃过。长沙火宫殿的臭豆腐毛泽东年轻时常去吃。后来回长沙，又特意去吃了一次，说了一句话："火宫殿的臭豆腐还是好吃。"这就成了"最高指示"，写在照壁上。火宫殿的臭豆腐遂成全国第一。油炸臭豆腐干，宜放辣椒酱、青蒜。南京夫子庙的臭豆腐干是小方块，用竹签像冰糖葫芦似的穿起来卖，一串八块。昆明的臭豆腐不用油炸，在炭火盆上搁一个铁箅子，臭豆腐干放在上面烤焦，别有风味。

在安徽屯溪吃过霉豆腐，长条豆腐，长了二寸长的白色的绒毛，在平底锅中煎熟，蘸酱油、辣椒、青蒜吃。凡到屯溪者，都要去尝尝。

豆腐乳各地都有。我在江西进贤参加土改，那里的农民家家都做腐乳。进贤原来很穷，没有什么菜吃，顿顿都用豆腐乳下饭。做豆腐乳，放大量辣椒面，还放柚子皮，味道非常强烈，广西桂林、四川忠县、云南路南所出豆腐乳都很有名，各有特点。腐乳肉是苏州松鹤楼的名菜，肉味浓醇，入口即化。广东点心很多都放豆腐乳，叫作"南乳××饼"。

南方人爱吃百叶。百叶结烧肉是宁波、上海人家常吃的菜。上海老城隍庙的小吃店里卖百叶结：百叶包一点肉馅，打成结，煮在汤里，要吃，随时盛一碗。一碗也就是四五只百叶结。北方的百叶缺韧性，打不成结，一打结就断。百叶可入臭卤中腌臭，谓之"臭千张"。

杭州知味观有一道名菜：炸响铃。豆腐皮（如过干，要少润一点水），瘦肉剁成细馅，加葱花细姜末，入盐，把肉馅包在豆腐皮内，成一卷，用刀剁成寸许长的小段，下油锅炸得馅熟皮酥，即可捞出。油温不可太高，太高，豆皮易煳。这菜嚼起来发脆响，形略似铃，故名响铃。做法其实并不复杂。肉剁极碎，成泥状（最好用刀背剁），平摊在豆腐皮上，折叠起来，如小钱包大，入油炸，亦佳。不入油炸，而以酱油冬菇汤煮，豆皮层中有汁，甚美。北京东安市场拐角处解放前有一家肉店宝华春，兼卖南味熟肉，卖一种酒菜：豆腐皮切细条，在酱肉汤中煮透，捞出，晾至微干，很好吃，不贵。现在宝华春已经没有了。豆腐皮可做汤。炖酥腰（猪腰炖汤）里放一点豆腐皮，则汤色雪白。

一九九二年六月二十五日

手把肉

　　蒙古人从小吃惯羊肉,几天吃不上羊肉就会想得慌。蒙古族舞蹈家斯琴高娃(蒙古族女的叫斯琴高娃的很多,跟娜仁花一样地普遍)到北京来,带着她的女儿。她的女儿对北京的饭菜吃不惯。我们请她在晋阳饭庄吃饭,这小姑娘对红烧海参、脆皮鱼……统统不感兴趣。我问她想吃什么。"羊肉!"我把服务员叫来,问他们这儿有没有羊肉,说只有酱羊肉。"酱羊肉也行,咸不咸?""不咸。"端上来,是一盘羊腱子。小姑娘白嘴把一盘羊腱子都吃了。问她:"好吃不好吃?""好吃!"她妈说:"这孩子!真是蒙古人!她到北京几天,头一回说'好吃'。"

　　蒙古人非常好客,有人骑马在草原上漫游,什么也不带,只背了一条羊腿。日落黄昏,看见一个蒙古包,下马投宿。主人把他的羊腿解下来,随即杀羊。吃饱了,喝足了,和主人一家同宿在蒙古包里,酣然一觉。第二天主人送客上路,给他换了一条新的羊腿背上。这人在草原上走了一大圈,回家的时候还是背了一条羊腿,不过已经不知道换了多少次了。

"四人帮"肆虐时期,我们奉江青之命,写一个剧本,搜集材料,曾经四下内蒙古。我在内蒙古学会了两句蒙古话。蒙古族同志说,会说这两句话就饿不着。一句是"不达一的"——要吃的;一句是"莫哈一的"——要吃肉。"莫哈"泛指一切肉,特指羊肉。(元杂剧有一出很特别,汉话和蒙古话搀和在一起唱。其中有一句是"莫哈整斤吞",意思是整斤地吃羊肉。)果然,我从伊克昭盟到呼伦贝尔大草原,走了不少地方,吃了多次手把肉。

八九月是草原最美的时候。经过一夏天的雨水,草都长好了,草原一片碧绿。阿格长好了,灰背青长好了,阿格和灰背青是牲口最爱吃的草。草原上的草在我们看起来都是草,牧民却对每一种草都叫得出名字。草里有野葱、野韭菜(蒙古人说他们那里的羊肉不膻,是因为羊吃野葱,自己把味解了)。到处开着五颜六色的花。羊这时也都上了膘了。

内蒙古的作家、干部爱在这时候下草原,体验生活,调查工作,也是为去"贴秋膘"。进了蒙古包,先喝奶茶。内蒙古的奶茶制法比较简单,不像西藏的酥油茶那样麻烦。只是用铁锅坐一锅水,水开后抓入一把茶叶,滚几滚,加牛奶,放一把盐,即得。我没有觉得有太大的特点，但喝惯了会上瘾的。（蒙古人一天也离不开奶茶。很多人早起不吃东西，喝两碗奶茶就去放羊。）摆了一桌子奶食，奶皮子、奶油（是稀的）、奶渣子……还有月饼、桃酥。客人喝着奶茶，蒙古包外已经支起大锅，坐上水，杀羊了。蒙古人杀羊真是神速，不是用刀子捅死的，是掐断羊的主动脉。羊挣扎都不挣扎，就死了。马上开膛剥皮，工具只有一把比水果刀略大一点的折刀。一会儿的工夫，羊皮就剥下来，抱到稍远处晒着去了。看看杀羊的现场，连一滴血都不溅出，草还是干干净净的。

"手把肉"即白水煮切成大块的羊肉。一手"把"着一大块肉，用一柄蒙古刀自己割了吃。蒙古人用刀子割肉真有功夫。一块肉吃完了，骨头上连一根肉丝都不剩。有小孩子割剔得不净，妈妈就会说："吃干净了，别像那干部似的！"干部吃肉，不像牧民细心，也可能不大会使刀子。牧民对奶、对肉都有一种近似宗教情绪似的敬重，正如汉族的农民对粮食一样，糟踏了，是罪过。吃手把肉过去是不预备佐料的，顶多放一碗盐水，蘸了吃。现在也有一点佐料，酱油、韭菜花之类。因为是现杀、现煮、现吃，所以非常鲜嫩。在我一生中吃过的各种做法的羊肉中，我以为手把羊肉第一。如果要我给它一个评语，我将毫不犹豫地说："无与伦比！"

吃肉，一般是要喝酒的。蒙古人极爱喝酒，而且几乎每饮必醉。我在呼和浩特听一个土默特旗的汉族干部说"骆驼见了柳，蒙古人见了酒"，意思就走不动了——骆驼爱吃柳条。我以为这是一句现代俗话。偶读一本宋人笔记，见有"骆驼见柳，蒙古见酒"之说，可见宋代已有此谚语，已经流传几百年了。可惜我把这本笔记的书名忘了。宋朝的蒙古人喝的大概是武松喝的那种煮酒，不会是白酒——蒸馏酒。白酒是元朝的时候才从阿拉伯传进来的。

在达茂旗吃过一次"羊贝子"，即煮全羊。整只羊放在大锅里煮。据说蒙古人吃只煮三十分钟，因为我们是汉族，怕太生了不敢吃，多煮了十五分钟。整羊，剁去四蹄，趴在一个大铜盘里。羊头已经切下来，但仍放在脖子后面的腔子上，上桌后再搬走。吃羊贝子有规矩，先由主客下刀，切下两条脖子后面的肉（相当于北京人所说的"上脑"部位），交叉斜搭在肩背上，然后其他客人才动刀，各自选取自己爱吃的部位。羊贝子真是够嫩的，一刀切下去，会有血水滋出来。同去的编剧、导演，有的望而生畏，有的浅尝即止，鄙人则吃了个不亦乐乎。羊肉越嫩越好。蒙古人认为煮久了的羊肉不好消化，诚然诚然。我吃了一肚子半生的羊肉，太平无事。

蒙古人真能吃肉。海拉尔有两位书记到北京东来顺吃涮羊肉，两个人要了十四盘肉，服务员问："你们吃得完吗？"一个书记说："前几天我们在呼伦贝尔，五个人吃了一只羊！"

　　蒙古人不是只会吃手把肉，他们也会各种吃法。呼和浩特的烧羊腿，烂，嫩，鲜，入味。我尤其喜欢吃清蒸羊肉。我在四子王旗一家不大的饭馆中吃过一次"拔丝羊尾"。我吃过拔丝山药、拔丝土豆、拔丝苹果、拔丝香蕉，从来没听说过羊尾可以拔丝。外面有一层薄薄的脆壳，咬破了，里面好像什么也没有，一包清水，羊尾油已经化了。这东西只宜供佛，人不能吃，因为太好吃了！

　　我在新疆唐巴拉牧场吃过哈萨克的手抓羊肉。做法与内蒙古的手把肉略似，也是大锅清水煮，但切的肉块较小，煮的时间稍长。肉熟后，下面条，然后装在大瓷盘里端上来。下面是面，上面是肉。主人以刀把肉切成小块，客人以手抓肉及面同吃。吃之前，由一个孩子执铜壶注水于客人之手。客人手上浇水后不能向后甩，只能待其自干，否则即是对主人不敬。铜壶颈细而长，壶身镂花，有中亚风格。

载一九九三年第二、三期《新苑》

卷三

故人时事

故里三陈

陈小手

我们那地方,过去极少有产科医生。一般人家生孩子,都是请老娘。什么人家请哪位老娘,差不多都是固定的。一家宅门的大少奶奶、二少奶奶、三少奶奶,生的少爷、小姐,差不多都是一个老娘接生的。老娘要穿房入户,生人怎么行?老娘也熟知各家的情况,哪个年长的女用人可以当她的助手,当"抱腰的",不须临时现找。而且,一般人家都迷信哪个老娘"吉祥",接生顺当。——老娘家都供着送子娘娘,天天烧香。谁家会请一个男性的医生来接生呢?——我们那里学医的都是男人,只有李花脸的女儿传其父业,成了全城仅有的一位女医人。她也不会接生,只会看内科,是个老姑娘。男人学医,谁会去学产科呢?都觉得这是一桩丢人、没出息的事,不屑为之。但也不是绝对没有。陈小手就是一位出名的男性的产科医生。

陈小手的得名是因为他的手特别小，比女人的手还小，比一般女人的手还更柔软细嫩。他专能治难产。横生、倒生，都能接下来（他当然也要借助于药物和器械）。据说因为他的手小，动作细腻，可以减少产妇很多痛苦。大户人家，非到万不得已，是不会请他的。中小户人家，忌讳较少，遇到产妇胎位不正，老娘束手，老娘就会建议："去请陈小手吧。"

陈小手当然是有个大名的，但是都叫他陈小手。

接生，耽误不得，这是两条人命的事。陈小手喂着一匹马。这匹马浑身雪白，无一根杂毛，是一匹走马。据懂马的行家说，这马走的脚步是"野鸡柳子"，又快又细又匀。我们那里是水乡，很少人家养马。每逢有军队的骑兵过境，大家就争着跑到运河堤上去看"马队"，觉得非常好看。陈小手常常骑着白马赶着到各处去接生，大家就把白马和他的名字联系起来，称之为"白马陈小手"。

同行的医生，看内科的、外科的，都看不起陈小手，认为他不是医生，只是一个男性的老娘。陈小手不在乎这些，只要有人来请，立刻跨上他的白马，飞奔而去。正在呻吟惨叫的产妇听到他的马脖子上的銮铃的声音，立刻就安定了一些。他下了马，即刻进产房。过了一会儿（有时时间颇长），听到哇的一声，孩子落地了。陈小手满头大汗，走了出来，对这家的男主人拱拱手："恭喜恭喜！母子平安！"男主人满面笑容，把封在红纸里的酬金递过去。陈小手接过来，看也不看，装进口袋里，洗洗手，喝一杯热茶，道一声"得罪"，出门上马。只听见他的马的銮铃声"哗棱哗棱"……走远了。

陈小手活人多矣。

有一年，来了联军。我们那里那几年打来打去的，是两支军队。一支是国民革命军，当地称之为"党军"；相对的一支是孙传芳的军队。孙传芳自称"五省联军总司令"，他的部队就被称为"联军"。联军驻扎在天王寺，有一团人。团长的太太（谁知道是正太太还是姨太太）要生了，生不下来。叫来几个老娘，还是弄不出来。这太太杀猪也似的乱叫。团长派人去叫陈小手。

陈小手进了天王寺。团长正在产房外面不停地"走柳"。见了陈小手，说："大人，孩子，都得给我保住！保不住要你的脑袋！进去吧！"

这女人身上的脂油太多了，陈小手费了九牛二虎之力，总算把孩子掏出来了。和这个胖女人较了半天劲，累得他筋疲力尽。他迤里歪斜走出来，对团长拱拱手："团长！恭喜您，是个男伢子——少爷！"

团长龇牙笑了一下，说："难为你了！——请！"

外边已经摆好了一桌酒席。副官陪着。陈小手喝了两盅。团长拿出二十块现大洋，往陈小手面前一送："这是给你的！——别嫌少哇！"

"太重了！太重了！"

喝了酒，揣上二十块现大洋，陈小手告辞了："得罪！得罪！"

"不送你了！"

陈小手出了天王寺，跨上马。团长掏出枪来，从后面，一枪就把他打下来了。

团长说："我的女人，怎么能让他摸来摸去！她身上，除了我，任何男人都不许碰！这小子，太欺负人了！日他奶奶！"

团长觉得怪委屈。

陈四

陈四是个瓦匠，外号"向大人"。

我们那个城里，没有多少娱乐。除了听书、瞧戏，大家最有兴趣的便是看会，看迎神赛会，——我们那里叫作"迎会"。

所迎的神，一是城隍，一是都土地。城隍老爷是阴间的一县之主，但是他的爵位比阳间的县知事要高得多，敕封"灵应侯"。

他的气派也比县知事要大得多。县知事出巡,哪有这样威严、这样多的仪仗队伍,还有各种杂耍玩意儿的呢?再说打我记事起,就没见过县知事出巡过,他们只是坐了一顶小轿或坐了自备的黄包车到处去拜客。都土地东西南北四城都有,保佑境内的黎民,地位相当于一个区长。他比活着的区长要神气得多,但比城隍菩萨可就差了一大截了。他的爵位是"灵显伯"。都土地都是有名有姓的。我所居住的东城的都土地是张巡。张巡为什么会到我的家乡来当都土地呢,他又不是战死在我们那里的,这一点我始终没有弄明白。张巡是太守,死后为什么倒降职成了区长了呢?我也不明白。

都土地出巡是没有什么看头的。短簇簇的一群人,打着一些稀稀落落的仪仗,把都天菩萨(都土地为什么被称为"都天菩萨",这一点我也不明白)抬出来转一圈,无声无息地,一会儿就过完了。所谓"看会",实际上指的是看赛城隍。

我记得的赛城隍是在夏秋之交,阴历的七月半,正是大热的时候。不过好像也有在十月初出会的。

那真是万人空巷,倾城出观。到那天,凡城隍所经的耍闹之处的店铺就都做好了准备:燃香烛,挂宫灯,在店堂前面和临街的柜台里面放好了长凳,有楼的则把楼窗全部打开,烧好了茶水,等着东家和熟主顾人家的眷属光临。这时正是各种瓜果下来的时候,牛角酥、奶奶哼(一种很"面"的香瓜)、红瓤西瓜、三白西瓜、鸭梨、槟子、海棠、石榴,都已上市,瓜香果味,飘满一街。各种卖吃食的都出动了,争奇斗胜,吟叫百端。到了八九点钟,看会的都来了。老太太、大小姐、小少爷。老太太手里拿着檀香佛珠,大小姐衣襟上挂着一串白兰花。用人手里提着食盒,里面是兴化饼子、绿豆糕,各种精细点心。

远远听见鞭炮声、锣鼓声。"来了,来了!"于是各自坐好,等着。

我们那里的赛会和鲁迅先生所描写的绍兴的赛会不尽相同。前面并无所谓"塘报"。打头的是"拜香的"。都是一些十六七岁的小伙子,光头净脸,头上系一条黑布带,前额缀一朵红绒球,青布衣衫,赤脚草鞋,手端一个红漆的小板凳,板凳一头钉着一个铁管,上插一支安息香。他们合着节拍,依次走着,每走十步,一齐回头,把板凳放到地上,算是一拜,随即转身再走。这都是为了父母生病到城隍庙许了愿的,"拜香"是还愿。后面是"挂香"的,则都是壮汉,用一个小铁钩钩进左右手臂的肉里,下系一个带链子的锡香炉,炉里烧着檀香。挂香多的可至香炉三对。这也是还愿的。后面就是各种玩意儿了。

十番锣鼓音乐篷子。一个长方形的布篷,四面绣花篷檐,下缀走水流苏。四角支竹竿,有人撑着。里面是吹手,一律是笙箫细乐,边走边吹奏。锣鼓篷悉有五七篷,每隔一段玩意儿有一篷。

茶担子。金漆木桶,桶口翻出,上置一圈细瓷茶杯,桶内和杯内都装了香茶。

花担子。鲜花装饰的担子。

挑茶担子、花担子的扁担都极软,一步一颤。脚步要匀,三进一退,各依节拍,不得错步。茶担子、花担子虽无很难的技巧,但几十副担子同时进退,整整齐齐,亦颇婀娜有致。

舞龙。

舞狮子。

跳大头和尚戏柳翠①。

跑旱船。

跑小车。

最清雅好看的是"站高肩"。下面一个高大结实的男人,挺胸调息,稳稳地走着,肩上站着一个孩子,也就是五六岁,都扮着戏,青蛇、白蛇、法海、许仙,关、张、赵、马、黄,李三

---

① 即唐宋杂戏里的《月明和尚戏柳翠》,演和尚的戴一个纸浆做成的很大的和尚脑袋——白色的脑袋,淡青的头皮,嘻嘻地笑着。我们那里已不知和尚法名月明,只是叫他"大头和尚"。

娘、刘知远、咬脐郎、火公窦老……他们并无动作,只是在大人的肩上站着,但是衣饰鲜丽,孩子都长得清秀伶俐,惹人疼爱。"高肩"不是本城所有,是花了大钱从扬州请来的。

后面是高跷。

再后面是跳判的。判有两种,一种是"地判",一文一武,手执朝笏,边走边跳。一种是"抬判"。两根杉篙,上面绑着一个特制的圈椅,由四个人抬着。圈椅上蹲着一个判官。下面有人举着一个扎在一根细长且薄的竹片上的红绸做的蝙蝠,逗着判官。竹片极软,有弹性,忽上忽下,判官就追着蝙蝠,做出各种带舞蹈性的动作。他有时会跳到椅背上,甚至能在上面打飞脚。抬判不像地判只是在地面做一些滑稽的动作,这是要会一点"轻功"的。有一年看会,发现跳抬判的竟是我的小学的一个同班同学,不禁哑然。

迎会的玩意儿到此就结束了。这些玩意儿的班子,到了一些大店铺的门前,店铺就放鞭炮欢迎,他们就会停下来表演一会儿,或绕两个圈子。店铺常有犒赏。南货店送几大包蜜枣,茶食店送糕饼,药店送凉药洋参,绸缎店给各班挂红,钱庄则干脆扛出一钱板一钱板的铜元,俵散众人。

后面才真正是城隍老爷(叫城隍为"老爷"或"菩萨"都可以,随便的)自己的仪仗。

前面是开道锣。几十面大筛同时敲动。筛极大,得吊在一根杆子上,前面担在一个人的肩上,后面的人担着杆子的另一头,敲。大筛的节奏是非常单调的:"哐(锣槌头一击)定定(槌柄两击筛面)哐定定哐,哐定定哐定定哐……"如此反复,绝无变化。唯其单调,所以显得很庄严。

后面是虎头牌。长方形的木牌,白漆,上画虎头,黑漆扁宋体黑字,大书"肃静""回避""敕封灵应侯""保国佑民"。

后面是伞,——万民伞。伞有多柄,都是各行同业公会所献,彩缎绣花,缂丝平金,各有特色。我们县里最讲究的几柄伞却是纸伞。硖石所出。白宣纸上扎出芥子大的细孔,利用细孔的虚实,衬出虫鱼花鸟。这几柄宣纸伞后来被城隍庙的道士偷出来拆开一扇一扇地卖了,我父亲曾收得几扇。我曾看过纸伞的残片,真是精细绝伦。

最后是城隍老爷的"大驾"。八抬大轿,抬轿的都是全城最好的轿夫。他们踏着细步,稳稳地走着。轿顶四面鹅黄色的流苏均匀地起伏摆动着。城隍老爷一张油白大脸,疏眉细眼,五绺长须,蟒袍玉带,手里捧着一柄很大的折扇,端端地坐在轿子里。这时,人们的脸上都严肃起来了,正如鲁迅先生所说:诚惶诚恐,不胜屏营待命之至。

城隍老爷要在行宫(也是一座庙里)待半天,到傍晚时才

"回宫"。回宫时就只剩下少许人扛着仪仗执事，抬着轿子，飞跑着从街上走过，没有人看了。

且说高跷。

我见过几个地方的高跷，都不如我们那里的。我们那里的高跷，一是高，高至丈二。踩高跷的中途休息，都是坐在人家的房檐口。我们县的踩高跷的都是瓦匠，无一例外。瓦匠不怕高。二是能玩出许多花样。

高跷队前面有两个"开路"的，一个手执两个棒槌，不停地"郭郭，郭郭"地敲着。一个手执小铜锣，敲着"咣咣，咣咣"。他们的声音合在一起，就是"郭郭，咣咣；郭郭，咣咣"。我总觉得这"开路"的来源是颇久远的。老远地听见"郭郭，咣咣"，就知道高跷来了，人们就振奋起来。

高跷队打头的是渔、樵、耕、读。就中以渔公、渔婆最逗。他们要矮身蹲在高跷上横步跳来跳去做钓鱼撒网各种动作，重心很不好掌握。后面是几出戏文。戏文以《小上坟》最动人。小丑和旦角都要能踩"花梆子"碎步。这一出是带唱的。唱的腔调是柳枝腔。当中有一出"贾大老爷"。这贾大老爷不知是何许人，只是一个衙役在戏弄他，贾大老爷不时对着一个夜壶口喝酒。他的颠顸总是引得看的人大笑。垫底的是"火烧向大人"。三个角色：一个铁公鸡，一个张嘉祥，一个向大人。向大人名荣，是清末的大将，以镇压太平天国有功，后死于任。看会的人是不管他究竟是谁的，也不论其是非功过，只是看扮演向大人的"演员"的功夫。那是很难的。向大人要在高跷上趟马，在高跷上坐轿，——两只手抄在前面，"存"着身子，两只脚（两只跷）一撩一撩地走，有点像戏台上"走矮子"。他还要能在高跷上做"探海""射雁"这些在平地上也不好做的高难动作（这可真是"高难"，又高又难）。到了挨火烧的时候，还要左右躲闪，簸脑袋，甩胡须，连连转圈。到了这时，两旁店铺里的看会人就会炸雷也似的大声叫起"好"来。

擅长表演向大人的，只有陈四，别人都不如。

到了会期，陈四除了在县城表演一回，还要到三垛去赶一场。县城到三垛，四十五里。陈四不卸装，就登在高跷上沿着澄子河堤赶了去。赶到那里准不误事。三垛的会，不见陈四的影子，菩萨的大驾不起。

有一年，城里的会刚散，下了一阵雷暴雨，河堤上不好走，他一路赶去，差点没摔死。到了三垛，已经误了。

三垛的会首乔三太爷抽了陈四一个嘴巴，还罚他当众跪了一炷香。

陈四气得大病了一场。他发誓从此再也不踩高跷。

陈四还是当他的瓦匠。

到冬天，卖灯。

冬天没有什么瓦匠活儿，我们那里的瓦匠冬天大都以糊纸灯为副业，到了灯节前，摆摊售卖。陈四的灯摊就摆在保全堂廊檐下。他糊的灯很精致。荷花灯、绣球灯、兔子灯。他糊的蛤蟆灯，绿背白腹，背上用白粉点出花点，四只爪子是活的，提在手里，来回划动，极其灵巧。我每年要买他一盏蛤蟆灯，接连买了好几年。

陈泥鳅

邻近几个县的人都说我们县的人是黑屁股。气得我的一个姓孙的同学，有一次当着很多人褪下了裤子让人看："你们看！黑吗？"我们当然都不是黑屁股。黑屁股指的是一种救生船。这种船专在大风大浪的湖水中救人、救船，因为船尾涂成黑色，所以叫作黑屁股。说的是船，不是人。

陈泥鳅就是这种救生船上的一个水手。

他水性极好，不愧是条泥鳅。运河有一段叫清水潭。因为民国十年、民国二十年都曾在这里决口，把河底淘成了一个大潭。据说这里的水深，三篙子都打不到底。行船到这里，不能撑篙，只能荡桨。水流也很急，水面上拧着一个一个漩涡。从来没有人敢在这里游水。陈泥鳅有一次和人打赌，一气游了个来回。当中有一截，他半天不露脑袋，半天半天，岸上的人以为他沉了底，想不到一会儿，他笑嘻嘻地爬上岸来了！

他在通湖桥下住。非遇风浪险恶时，救生船一般是不出动的。他看看天色，知道湖里不会出什么事，就待在家里。

他也好义，也好利。湖里大船出事，下水救人，这时是不能计较报酬的。有一次一只装豆子的船在琵琶闸炸了，炸得粉碎。事后知道，是因为船底有一道小缝漏水，水把豆子浸湿了，豆子吃了水，突然一齐膨胀起来，砰的一声把船撑炸了——那力量是非常之大的。船碎了，人掉在水里。这时跳下水救人，能要钱吗？民国二十年，运河决口，陈泥鳅在激浪里救起了很多人。被救起的都已经是家破人亡，一无所有了，陈泥鳅连人家的姓名都没有问，更谈不上要什么酬谢了。在活人身上，他不能讨价；在死人身上，他却是不少要钱的。

人淹死了，尸首找不着。事主家里一不愿等尸首泡胀漂上来，二不愿尸首被"四水挢子"①钩得稀烂八糟，这时就会来找陈泥鳅。陈泥鳅不但水性好，且在水中能开眼见物。他就在出事地

---

① "四水挢子"是一种在水中打捞东西的用具，四面有弯钩，状如一小铁锚，钩尖极锐利。

点附近，察看水流风向，然后一个猛子扎下去，潜入水底，伸手摸触。几个猛子之后，他准能把一具死尸托上来。不过得事先讲明捞上来给多少酒钱，他才下去。有时讨价还价，得磨半天。陈泥鳅不着急，人反正已经死了，让他在水底多待一会儿没事。

陈泥鳅一辈子没少挣钱，但是他不置产业，一点积蓄也没有。他花钱很散漫，有钱就喝酒尿了，赌钱输了。有的时候，也偷偷地周济一些孤寡老人，但嘱咐千万不要说出去。他也不娶老婆。有人劝他成个家，他说："瓦罐不离井上破，大将难免阵头亡。淹死会水的。我见天跟水闹着玩，不定哪天龙王爷就把我请了去。留下孤儿寡妇，我死在阴间也不踏实。这样多好，吃饱了一家子不饥，无牵无挂！"

通湖桥桥洞里发现了一具女尸。怎么知道是女尸？她的长头发在洞口外飘动着。行人报了乡约，乡约报了保长，保长报到地方公益会。桥上桥下，围了一些人看。通湖桥是直通运河大闸的一道桥，运河的水由桥下流进澄子河。这座桥的桥洞很高，洞身也很长，但是很狭窄，只有人的肩膀那样宽。桥以西，桥以东，水面落差很大，水势很急，翻花卷浪，老远就听见訇訇的水声，像打雷一样。大家研究，这女尸一定是从大闸闸口冲下来的，不知怎么会卡在桥洞里了。不能就让她这么在桥洞里堵着。可是谁也想不出办法，谁也不敢下去。

去找陈泥鳅。

陈泥鳅来了,看了看。他知道桥洞里有一块石头,突出一个尖角(他小时候老在洞里钻来钻去,对洞里每一块石头都熟悉)。这女人大概是身上衣服在这个尖角上绊住了。这也是个巧劲儿,要不,这样猛的水流,早把她冲出来了。

"十块现大洋,我把她弄出来。"

"十块?"公益会的人吃了一惊,"你要得太多了!"

"是多了点。我有急用。这是玩命的事!我得从桥洞西口顺水蹿进桥洞,一下子把她拨拉动了,就算成了。就这一下。一下子拨拉不动,我就会塞在桥洞里,再也出不来了!你们也都知道,桥洞只有肩膀宽,没法儿转身。水流这样急,退不出来,那我就只好陪着她了。"

大家都说:"十块就十块吧!这是砂锅捣蒜,一锤子!"

陈泥鳅把浑身衣服脱得光光的,道了一声"对不起了!",纵身入水,顺着水流,笔直地蹿进了桥洞。大家都捏着一把汗。只听见欻的一声,女尸冲出来了。接着陈泥鳅从东面洞口凌空蹿出了水面。大家伙发了一声喊:"好水性!"

陈泥鳅跳上岸来,穿了衣服,拿了十块钱,说了声"得罪得罪!",转身就走。

大家以为他又是进赌场、进酒店了。没有,他径直地走进陈五奶奶家里。

陈五奶奶守寡多年。她有个儿子，去年死了，儿媳妇改了嫁，留下一个孩子。陈五奶奶就守着小孙子过，日子很折皱①。这孩子得了急惊风，浑身滚烫，鼻翅扇动，四肢抽搐，陈五奶奶正急得两眼发直。陈泥鳅把十块钱交在她手里，说："赶紧先到万全堂，磨一点羚羊角，给孩子喝了，再抱到王淡人那里看看！"

说着抱了孩子，拉了陈五奶奶就走。

陈五奶奶也不知哪里来的劲儿，跟着他一同走得飞快。

一九八三年八月一日急就

载一九八三年第九期《人民文学》

---

① 这是我的家乡话，意思是很困难，很不顺利。

跑警报

西南联大有一位历史系的教授,——听说是雷海宗先生,他开的一门课因为讲授多年,已经背得很熟,上课前无须准备;下课了,讲到哪里算哪里,他自己也不记得。每回上课,都要先问学生:"我上次讲到哪里了?"然后就滔滔不绝地接着讲下去。班上有个女同学,笔记记得最详细,一句话不落,雷先生有一次问她:"我上一课最后说的是什么?"这位女同学打开笔记来,看了看,说:"你上次最后说:'现在已经有空袭警报,我们下课。'"

这个故事说明昆明警报之多。我刚到昆明的头二年,一九三九、一九四〇年,三天两头有警报。有时每天都有,甚至一天有两次。昆明那时几乎说不上有防空力量,日本飞机想什么时候来就来。有时竟至在头一天广播:"明天将有二十七架飞机来昆明轰炸。"日本的空军指挥部还真言而有信,说来准来!

一有警报,别无他法,大家就都往郊外跑,叫作"跑警报"。

"跑"和"警报"联在一起，构成一个语词，细想一下，是有些奇特的，因为所跑的并不是警报。这不像"跑马""跑生意"那样通顺。但是大家就这么叫了，谁都懂，而且觉得很合适。也有叫"逃警报"或"躲警报"的，都不如"跑警报"准确。"躲"，太消极；"逃"又太狼狈。唯有这个"跑"字于紧张中透出从容，最有风度，也最能表达丰富生动的内容。

有一个姓马的同学最善于跑警报。他早起看天，只要是万里无云，不管有无警报，他就背了一壶水，带点吃的，夹着一卷温飞卿或李商隐的诗，向郊外走去。直到太阳偏西，估计日本飞机不会来了，才慢慢地回来。这样的人不多。

警报有三种。如果在四十多年前向人介绍警报有几种，会被认为有"神经病"，这是谁都知道的。然而对今天的青年，却是一项新的课题。一曰"预行警报"。

联大有一个姓侯的同学，原系航校学生，因为反应迟钝，被淘汰下来，读了联大的哲学心理系。此人对于航空旧情不忘，曾用黄色的"标语纸"贴出巨幅"广告"，举行学术报告，题曰《防空常识》。他不知道为什么对"警报"特别敏感。他正在听课，忽然跑了出去，站在"新校舍"的南北通道上，扯起嗓子大声喊叫："现在有预行警报，五华山挂了三个红球！"可不！抬头望南一看，五华山果然挂起了三个很大的红球。五华山是昆明的制高点，红球挂出，全市皆见。我们一直很奇怪：他在教室里，正在听讲，怎么会"感觉"到五华山挂了红球呢？——教室的门窗并不都正对五华山。

一有预行警报，市里的人就开始向郊外移动。住在翠湖迤北的，多半出北门或大西门，出大西门的似尤多。大西门外，越过联大新校门前的公路，有一条由南向北的用浑圆的石块铺成的宽可五六尺的小路。这条路据说是驿道，一直可以通到滇西。路在山沟里。平常走的人不多。常见的是驮着盐巴、碗糖或其他货物的马帮走过。赶马的马锅头侧身坐在木鞍上，从齿缝里咝咝地吹出口哨（马锅头吹口哨都是这种吹法，没有撮唇而吹的），或低声唱着呈贡"调子"：

哥那个在至高山那个放呀放放牛，
妹那个在至花园那个梳那个梳梳头。
哥那个在至高山那个招呀招招手，
妹那个在至花园点那个点点头。

这些走长道的马锅头有他们的特殊装束。他们的短褂外都套了一件白色的羊皮背心，脑后挂着漆布的凉帽，脚下是一双厚牛皮底的草鞋状的凉鞋，鞋帮上大都绣了花，还钉着亮晶晶的"鬼眨眼"亮片。——这种鞋似只有马锅头穿,我没见从事别种行业的人穿过。马锅头押着马帮,从这条斜阳古道上走过,马项铃哗棱哗棱地响,很有点浪漫主义的味道,有时会引起远客的游子一点淡淡的乡愁……

有了预行警报,这条古驿道就热闹起来了。从不同方向来的人都拥向这里,形成了一条人河。走出一截,离市较远了,就分散到古道两旁的山野,各自寻找一个合适的地方待下来,心平气和地等着,——等空袭警报。

联大的学生见到预行警报,一般是不跑的,都要等听到空袭警报——汽笛声一短一长,才动身。新校舍北边围墙上有一个后门,出了门,过铁道(这条铁道不知起讫地点,从来也没见有火车通过),就是山野了。要走,完全来得及。——所以雷先生才会说"现在已经有空袭警报"。只有预行警报,联大师生一般都是照常上课的。

跑警报大都没有准地点,漫山遍野。但人也有习惯性,跑惯了哪里,愿意上哪里。大多是找一个坟头,这样可以靠靠。昆明的坟多有碑,碑上除了刻下坟主的名讳,还刻出"×山×向",并开出坟茔的"四至"。这风俗我在别处还未见过。这大概也是一种古风。

说是漫山遍野,但也有几个比较集中的"点"。古驿道的一侧，靠近语言研究所资料馆不远，有一片马尾松林，就是一个点。这地方除了离学校近，有一片碧绿的马尾松，树下一层厚厚的干了的松毛，很软和，空气好，——马尾松挥发出很重的松脂气味，晒着从松枝间漏下的阳光，或仰面看松树上面蓝得要滴下来的天空，都极舒适外，是因为这里还可以买到各种零吃。昆明做小买卖的，有了警报，就把担子挑到郊外来了。五味俱全，什么都有。最常见的是"丁丁糖"。"丁丁糖"即麦芽糖，也就是北京人祭灶用的关东糖，不过做成一个直径一尺多、厚可一寸许的大糖饼，放在四方的木盘上，有人掏钱要买，糖贩即用一个刨刀形的铁片揳入糖边，然后用一个小小的铁锤，一击铁片，丁的一声，一块糖就震裂下来了，所以叫作"丁丁糖"。其次是炒松子。昆明松子极多，个儿大皮薄仁饱，很香，也很便宜。我们有时能在松树下面捡到一个很大的成熟了的生的松球，就掰开鳞瓣，一颗一颗地吃起来。——那时候，我们的牙都很好，那么硬的松子壳，一嗑就开了！

另一集中点比较远，得沿古驿道走出四五里，驿道右侧较高的土山上有一横断的山沟（大概是哪一年地震造成的），沟深约三丈，沟口有二丈多宽，沟底也宽有六七尺。这是一个很好的天然防空沟，日本飞机若是投弹，只要不是直接命中，落在沟里，即便是在沟顶上爆炸，弹片也不易蹦进来。机枪扫射也不要紧，沟的两壁是死角。这道沟可以容数百人。有人常到这里,就利用闲空,在沟壁上修了一些私人专用的防空洞,大小不等,形式不一。这些防空洞不仅表面光洁,有的还用碎石子或碎瓷片嵌出图案,缀成对联。对联大都有新意。我至今记得两副,一副是:

人生几何
恋爱三角

一副是:

见机而作
入土为安

对联的嵌缀者的闲情逸致是很可叫人佩服的。前一副也许是有感而发,后一副却是纪实。

警报有三种。预行警报大概是表示日本飞机已经起飞。拉空袭警报大概是表示日本飞机进入云南省境了,但是进云南省不一定到昆明来。等到汽笛拉了紧急警报——连续短音,这才可以肯定是朝昆明来的。空袭警报到紧急警报之间,有时要间隔很长时间,所以到了这里的人都不忙下沟,——沟里没有太阳,而且过早地像云冈石佛似的坐在洞里也很无聊,——大都先在沟上看书、闲聊、打桥牌。很多人听到紧急警报还不动,因为紧急警报后日本飞机也不定准来,常常是折飞到别处去了。要一直等到看见飞机的影子了,这才一骨碌站起来,下沟,进洞。联大的学生,以及住在昆明的人,对跑警报太有经验了,从来不仓皇失措。

上举的前一副对联或许是一种泛泛的感慨,但也是有现实意义的。跑警报是谈恋爱的机会。联大同学跑警报时,成双作对的很多。空袭警报一响,男的就在新校舍的路边等着,有时还提着一袋点心吃食,宝珠梨、花生米……他等的女同学来了。"嗨!"于是欣然并肩走出新校舍的后门。跑警报说不上是同生死,共患难,但隐隐约约有那么一点危险感,和看电影、遛翠湖时不同。这一点危险使两方的关系更加亲近了。女同学乐于有人伺候,男同学也正好殷勤照顾,表现一点骑士风度。正如孙悟空在高老庄所说:"一来照顾郎中,二来又医得眼好","这才是凑四合六的勾当"。从这点来说,跑警报是颇为罗曼蒂克的。有恋爱,就有三角,有失恋。跑警报的"对儿"并非总是固定的,有时一方被另一方"甩"了,两人"吹"了,"对儿"就要重新组合。写(姑且叫作"写"吧)那副对联的,大概就是一位被"甩"的男同学。不过,也不一定。

警报时间有时很长,长达两三个小时,也很"腻歪"。紧急警报后,日本飞机轰炸已毕,人们就轻松下来。不一会儿,"解除警报"响了——汽笛拉长音,大家就起身拍拍尘土,络绎不绝地返回市里。也有时不等解除警报,很多人就往回走:天上起了乌云,要下雨了。一下雨,日本飞机不会来。在野地里被雨淋湿,可不是事!一有雨,我们有一个同学一定是一马当先往回奔,就是前面所说那位报告预行警报的姓侯的。他奔回新校舍,到各个宿舍搜罗了很多雨伞,放在新校舍的后门外,见有女同学来,就递过一把。他怕这些女同学挨淋。这位侯同学长得五大三粗,却有一副贾宝玉的心肠。大概是上了吴雨僧①先生的《红楼梦》的课,受了影响。侯兄送伞,已成定例。警报下雨,一次不落。名闻全校,贵在有恒。——这些伞,等雨住后他还会到南院女生宿舍去敛回来,再归还原主的。

跑警报,大都要把一点值钱的东西带在身边。最方便的是金子,——金戒指。有一位哲学系的研究生曾经作了这样的逻辑推理:有人带金子,必有人会丢掉金子,有人丢金子,就会有人捡到金子,我是人,故我可以捡到金子。因此,跑警报时,特别是解除警报以后,他每次都很留心地巡视路面。他当真两次捡到过

---

① 吴宓。——编者注

金戒指！逻辑推理有此妙用，大概是教逻辑学的金岳霖先生所未料到的。

联大师生跑警报时没有什么可带，因为身无长物，一般大都是带两本书或一册论文的草稿。有一位研究印度哲学的金先生每次跑警报总要提了一只很小的手提箱。箱子里不是什么别的东西，是一个女朋友写给他的信——情书。他把这些情书视如性命，有时也会拿出一两封来给别人看。没有什么不能看的，因为没有卿卿我我的肉麻的话，只是一个聪明女人对生活的感受，文字很俏皮，充满了英国式的机智，是一些很漂亮的 essay[①]，字也很秀气。这些信实在是可以拿来出版的。金先生辛辛苦苦地保存了多年，现在大概也不知去向了，可惜。我看过这个女人的照片，人长得就像她写的那些信。

联大同学也有不跑警报的，据我所知，就有两人。一个是女同学，姓罗，一有警报，她就洗头。别人都走了，锅炉房的热水没人用，她可以敞开来洗，要多少水有多少水！另一个是一位广东同学，姓郑。他爱吃莲子。一有警报，他就用一个大漱口缸到锅炉火口上去煮莲子。警报解除了，他的莲子也烂了。有一次日本飞机炸了联大，昆中北院、南院，都落了炸弹，这位老兄听着

---

① 英文，意为随笔。——编者注

炸弹乒乒乓乓在不远的地方爆炸，依然在新校舍大图书馆旁的锅炉上神色不动地搅和他的冰糖莲子。

抗战期间，昆明有过多少次警报，日本飞机来过多少次，无法统计。自然也死了一些人，毁了一些房屋。就我的记忆，大东门外，有一次日本飞机机枪扫射，田地里死的人较多。大西门外小树林里曾炸死了好几匹驮木柴的马。此外似无较大伤亡。警报、轰炸，并没有使人产生血肉横飞、一片焦土的印象。

日本人派飞机来轰炸昆明，其实没有什么实际的军事意义，用意不过是吓唬吓唬昆明人，施加威胁，使人产生恐惧。他们不知道中国人的心理是有很大的弹性的，不那么容易被吓得魂不附体。我们这个民族，长期以来，生于忧患，已经很"皮实"了，对于任何猝然而来的灾难，都用一种"儒道互补"的精神对待之。这种"儒道互补"的真髓，即"不在乎"。这种"不在乎"精神，是永远征不服的。

为了反映"不在乎"，作《跑警报》。

一九八四年十二月六日
载一九八五年第三期《滇池》

沈从文先生在西南联大

沈先生在联大开过三门课：各体文习作、创作实习和中国小说史。三门课我都选了，——各体文习作是中文系二年级必修课，其余两门是选修。西南联大的课程分必修与选修两种。中文系的语言学概论、文字学概论、文学史（分段）……是必修课，其余大都是任凭学生自选。《诗经》《楚辞》《庄子》《昭明文选》，唐诗、宋诗、词选、散曲、杂剧与传奇……选什么，选哪位教授的课都成，但要凑够一定的学分（这叫"学分制"）。一学期我只选两门课，那不行。自由，也不能自由到这种地步。

创作能不能教？这是一个世界性的争论问题。很多人认为创作不能教。我们当时的系主任罗常培先生就说过，大学是不培养作家的，作家是社会培养的。这话有道理。沈先生自己就没有上过什么大学。他教的学生后来成为作家的，也极少。但是也不是绝对不能教。沈先生的学生现在能算是作家的，也还有那么几个。问题是由什么样的人来教,用什么方法教。现在的大学里很少开创作课的,原因是找不到合适的人来教。偶尔有大学开这门课的,收效甚微,原因是教得不甚得法。

教创作靠"讲"不成。如果在课堂上讲鲁迅先生所讥笑的"小说作法"之类,讲如何作人物肖像,如何描写环境,如何结构,结构有几种——攒珠式的、橘瓣式的……那是要误人子弟的,教创作主要是让学生自己"写"。沈先生把他的课叫作"习作""实习",很能说明问题。如果要讲,那"讲"要在"写"之后。就学生的作业,讲他的得失。教授先讲一套,让学生照猫画虎,那是行不通的。

沈先生是不赞成命题作文的,学生想写什么就写什么。但有时在课堂上也出两个题目。沈先生出的题目都非常具体。我记得他曾给我的上一班同学出过一个题目:"我们的小庭院有什么。"有几个同学就这个题目写了相当不错的散文,都发表了。他给比我低一班的同学曾出过一个题目:"记一间屋子里的空气!"我的那一班出过些什么题目,我倒不记得了。沈先生为什么出这样的题目?他认为,先得学会车零件,然后才能学组装。我觉得先做一些这样的片段的习作,是有好处的,这可以锻炼基本功。现在有些青年文学爱好者,往往一上来就写大作品,篇幅很长,而功力不够,原因就在零件车得少了。

沈先生的讲课，可以说是毫无系统。前已说过，他大都是看了学生的作业，就这些作业讲一些问题。他是经过一番思考的，但并不去翻阅很多参考书。沈先生读很多书，但从不引经据典，他总是凭自己的直觉说话，从来不说亚里士多德怎么说、福楼拜怎么说、托尔斯泰怎么说、高尔基怎么说。他的湘西口音很重，声音又低，有些学生听了一堂课，往往觉得不知道听了一些什么。沈先生的讲课是非常谦抑，非常自制的。他不用手势，没有任何舞台道白式的腔调，没有一点哗众取宠的江湖气。他讲得很诚恳，甚至很天真。但是你要是真正听"懂"了他的话，——听"懂"了他的话里并未发挥罄尽的余意，你是会受益匪浅，而且会终生受用的。听沈先生的课，要像孔子的学生听孔子讲话一样，举一隅而三隅反。

沈先生讲课时所说的话我几乎全都忘了（我这人从来不记笔记）！我们有一个同学把闻一多先生讲唐诗课的笔记记得极详细，现已整理出版，书名就叫《闻一多论唐诗》，很有学术价值，就是不知道他把闻先生讲唐诗时的"神气"记下来了没有。我如果把沈先生讲课时的精辟见解记下来，也可以成为一本《沈从文论创作》。可惜我不是这样的有心人。

沈先生关于我的习作讲过的话我只记得一点了，是关于人物对话的。我写了一篇小说（内容早已忘记干净），有许多对话。

我竭力把对话写得美一点，有诗意，有哲理。沈先生说："你这不是对话，是两个聪明脑壳打架！"从此我知道对话就是人物所说的普普通通的话，要尽量写得朴素，不要哲理，不要诗意，这样才真实。

沈先生经常说的一句话是："要贴到人物来写。"很多同学不懂他的这句话是什么意思。我以为这是小说学的精髓。据我的理解，沈先生这句极其简略的话包含这样几层意思：小说里，人物是主要的、主导的；其余部分都是派生的、次要的。环境描写、作者的主观抒情、议论，都只能附着于人物，不能和人物游离，作者要和人物同呼吸、共哀乐。作者的心要随时紧贴着人物。什么时候作者的心"贴"不住人物，笔下就会浮、泛、飘、滑，花里胡哨，故弄玄虚，失去了诚意。而且，作者的叙述语言要和人物相协调。写农民，叙述语言要接近农民；写市民，叙述语言要近似市民。小说要避免"学生腔"。

我以为沈先生这些话是浸透了淳朴的现实主义精神的。

沈先生教写作，写的比说的多，他常常在学生的作业后面写很长的读后感，有时会比原作还长。这些读后感有时评析本文得失，也有时从这篇习作说开去，谈及有关创作的问题，见解精到，文笔讲究。——一个作家应该不论写什么都写得讲究。这些读后感也都没有保存下来，否则是会比《废邮存底》还有看头的。可惜!

沈先生教创作还有一种方法,我以为是行之有效的,学生写了一个作品,他除了写很长的读后感之外,还会介绍你看一些与你这个作品写法相似的中外名家的作品。记得我写过一篇不成熟的小说《灯下》,记一个店铺里上灯以后各色人的活动,无主要人物、主要情节,散散漫漫。沈先生就介绍我看了几篇这样的作品,包括他自己写的《腐烂》。学生看看别人是怎样写的,自己是怎样写的,对比借鉴,是会有长进的。这些书都是沈先生找来,带给学生的。因此他每次上课,走进教室里时总要夹着一大摞书。

沈先生就是这样教创作的。我不知道还有没有别的更好的方法教创作。我希望现在的大学里教创作的老师能用沈先生的方法试一试。

学生习作写得较好的,沈先生就做主寄到相熟的报刊上发表。这对学生是很大的鼓励。多年以来,沈先生就干着给别人的作品找地方发表这种事。经他的手介绍出去的稿子,可以说是不计其数了。我在一九四六年前写的作品,几乎全都是沈先生寄出去的。他这辈子为别人寄稿子用去的邮费也是一个相当可观的数目了。为了防止超重太多,节省邮费,他大都把原稿的纸边裁去,只剩下纸芯。这当然不大好看。但是抗战时期,百物昂贵,不能不打这点小算盘。

沈先生教书，但愿学生省点事，不怕自己麻烦。他讲《中国小说史》，有些资料不易找到，他就自己抄，用夺金标毛笔，筷子头大的小行书抄在云南竹纸上。这种竹纸高一尺，长四尺，并不裁断，抄得了，卷成一卷。上课时分发给学生。他上创作课夹了一摞书，上小说史时就夹了好些纸卷。沈先生做事，都是这样，一切自己动手，细心耐烦。他自己说他这种方式是"手工业方式"。他写了那么多作品，后来又写了很多大部头关于文物的著作，都是用这种手工业方式搞出来的。

沈先生对学生的影响，课外比课堂上要大得多。他后来为了躲避日本飞机空袭，全家移住到呈贡桃园新村，每星期上课，进城住两天。文林街二十号联大教职员宿舍有他一间屋子。他一进城，宿舍里几乎从早到晚都有客人。客人多半是同事和学生，客人来，大都是来借书，求字，看沈先生收到的宝贝，谈天。

沈先生有很多书，但他不是"藏书家"，他的书，除了自己看，也是借给人看的，联大文学院的同学，多数手里都有一两本沈先生的书，扉页上用淡墨签了"上官碧"的名字。谁借了什么书，什么时候借的，沈先生是从来不记得的。直到联大"复员"，有些同学的行装里还带着沈先生的书，这些书也就随之漂流到四面八方了。沈先生书多，而且很杂，除了一般的四部书、中国现代文学、外国文学的译本，社会学、人类学、黑格尔的《小逻辑》、弗洛伊德、亨利·詹姆斯、道教史、陶瓷史、《髹饰录》、《糖霜谱》……兼收并蓄，五花八门。这些书，沈先生大都认真读过。沈先生称自己的学问为"杂知识"。一个作家读书，是应该杂一点的。沈先生读过的书，往往在书后写两行题记。有的是记一个日期，那天天气如何，也有时发一点感慨。有一本书的后面写道："某月某日，见一大胖女人从桥上过，心中十分难过。"这两句话我一直记得，可是一直不知道是什么意思。大胖女人为什么使沈先生十分难过呢？

沈先生对打扑克简直是痛恨。他认为这样地消耗时间，是不可原谅的。他曾随几位作家到井冈山住了几天。这几位作家成天在宾馆里打扑克，沈先生说起来就很气愤："在这种地方打扑克！"沈先生小小年纪就学会掷骰子，各种赌术他也都明白，但他后来不玩这些。沈先生的娱乐，除了看看电影，就是写字。他写章草，笔稍偃侧，起笔不用隶法，收笔稍尖，自成一格。他喜欢写窄长的直幅，纸长四尺，阔只三寸。他写字不择纸笔，常用糊窗的高丽纸。他说："我的字值三分钱！"从前要求他写字的，他几乎有求必应。近年有病，不能握管，沈先生的字变得很珍贵了。

沈先生后来不写小说，搞文物研究了，国外、国内，很多人都觉得很奇怪。熟悉沈先生历史的人,觉得并不奇怪。沈先生年轻时就对文物有极其浓厚的兴趣。他对陶瓷的研究甚深,后来又对丝绸、刺绣、木雕、漆器……都有广博的知识。沈先生研究的文物基本上是手工艺制品。他从这些工艺品看到的是劳动者的创造性。他为这些优美的造型、不可思议的色彩、神奇精巧的技艺发出的惊叹,是对人的惊叹。他热爱的不是物,而是人,他对一件工艺品的孩子气的天真激情,使人感动。我曾戏称他搞的文物研究是"抒情考古学"。他八十岁生日,我曾写过一首诗送给他,中有一联——"玩物从来非丧志,著书老去为抒情",是纪实。他有一阵在昆明收集了很多耿马漆盒。这种黑红两色刮花的圆形缅漆盒,昆明多的是,而且很便宜。沈先生一进城就到处逛地摊,选买这种漆盒。他屋里装甜食点心、装文具邮票……的,都是这种盒子。有一次买得一个直径一尺五寸的大漆盒,一再抚摩,说:"这可以作一期《红黑》杂志的封面!"他买到的缅漆盒,除了自用,大多数都送人了。有一回,他不知从哪里弄到很多土家族的挑花布,摆得一屋子,这间宿舍成了一个展览室。来看的人很多,沈先生于是很快乐。这些挑花图案天真稚气而秀雅生动,确实很美。

沈先生不长于讲课,而善于谈天。谈天的范围很广,时局、物价……谈得较多的是风景和人物。他几次谈及玉龙雪山的杜鹃花有多大，某处高山绝顶上有一户人家，——就是这样一户！他谈某一位老先生养了二十只猫。谈一位研究东方哲学的先生跑警报时带了一只小皮箱，皮箱里没有金银财宝，装的是一个聪明女人写给他的信。谈徐志摩上课时带了一个很大的烟台苹果，一边吃，一边讲，还说："中国东西并不都比外国的差，烟台苹果就很好！"谈梁思成在一座塔上测绘内部结构，差一点从塔上掉下去。谈林徽因发着高烧，还躺在客厅里和客人谈文艺。他谈得最多的大概是金岳霖。金先生终生未娶，长期独身。他养了一只大斗鸡。这鸡能把脖子伸到桌上来，和金先生一起吃饭。他到处搜罗大石榴、大梨。买到大的，就拿去和同事的孩子的比，比输了，就把大梨、大石榴送给小朋友，他再去买！……沈先生谈及的这些人有共同特点。一是都对工作、对学问热爱到了痴迷的程度；二是为人天真到像一个孩子，对生活充满兴趣，不管在什么环境下永远不消沉沮丧，无机心，少俗虑。这些人的气质也正是沈先生的气质。"闻多素心人，乐与数晨夕"，沈先生谈及熟朋友时总是很有感情的。

文林街文林堂旁边有一条小巷，大概叫作金鸡巷，巷里的小院中有一座小楼。楼上住着联大的同学：王树藏、陈蕴珍（萧珊）、施载宣（萧荻）、刘北汜。当中有个小客厅。这小客厅常有熟同学来喝茶聊天，成了一个小小的沙龙。沈先生常来坐坐。有时还把他的朋友也拉来和大家谈谈。老舍先生从重庆过昆明时,沈先生曾拉他来谈过"小说和戏剧"。金岳霖先生也来过,谈的题目是"小说和哲学"。金先生是搞哲学的,主要是搞逻辑的,但是读很多小说,从普鲁斯特到《江湖奇侠传》。"小说和哲学"这题目是沈先生给他出的。不料金先生讲了半天,结论却是:小说和哲学没有关系。他说《红楼梦》里的哲学不是哲学。他谈到兴浓处,忽然停下来,说:"对不起,我这里有个小动物!"说着把右手从后脖领伸进去,捉出了一只跳蚤,甚为得意。有人问金先生为什么搞逻辑,金先生说:"我觉得它很好玩!"

　　沈先生在生活上极不讲究。他进城没有正经吃过饭,大都是在文林街二十号对面一家小米线铺吃一碗米线。有时加一个西红柿,打一个鸡蛋。有一次我和他上街闲逛,到玉溪街,他在一个米线摊上要了一盘凉鸡,还到附近茶馆里借了一个盖碗,打了一碗酒。他用盖碗盖子喝了一点,其余的都叫我一个人喝了。

　　沈先生在西南联大是一九三八年到一九四六年。一晃,四十多年了!

一九八六年一月二日上午

载一九八六年第五期《人民文学》

金岳霖先生

西南联大有许多很有趣的教授,金岳霖先生是其中的一位。金先生是我的老师沈从文先生的好朋友。沈先生当面和背后都称他为"老金",大概时常来往的熟朋友都这样称呼他。关于金先生的事,有一些是沈先生告诉我的。我在《沈从文先生在西南联大》一文中提到过金先生。有些事情在那篇文章里没有写进,觉得还应该写一写。

金先生的样子有点怪。他常年戴着一顶呢帽,进教室也不脱下。每一学年开始,给新的一班学生上课,他的第一句话总是:"我的眼睛有毛病,不能摘帽子,并不是对你们不尊重,请原谅。"他的眼睛有什么病,我不知道,只知道怕阳光,因此他的呢帽的前檐压得比较低,脑袋总是微微地仰着。他后来配了一副眼镜,这副眼镜一只的镜片是白的,一只是黑的,这就更怪了。后来在美国讲学期间把眼睛治好了,——好一些,眼镜也换了,但那微微仰着脑袋的姿态一直还没有改变。他身材相当高大,经常穿一件烟草黄色的麂皮夹克,天冷了就在里面围一条很长的驼色的羊绒围巾。联大的教授穿衣服是各色各样的。闻一多先生有一阵穿一件式样过时的灰色旧夹袍,是一个亲戚送给他的,领子很高,袖口极窄。联大有一次在龙云的长子、蒋介石的干儿子龙绳武家里开校友会,——龙云的长媳是清华校友,闻先生在会上大骂:"蒋介石,王八蛋!混蛋!"那天穿的就是这件高领窄袖的旧夹袍。朱自清先生有一阵披着一件云南赶马人穿的蓝色毡子的一口钟。除了体育教员,教授里穿夹克的,好像只有金先生一个人。他的眼神即使是到美国治了后也还是不大好,走起路来有点深一脚浅一脚。他就这样穿着黄夹克,微仰着脑袋,深一脚浅一脚地在联大新校舍的一条土路上走着。

金先生教逻辑。逻辑是西南联大规定文学院一年级学生的必修课,班上学生很多,上课在大教室,坐得满满的。在中学里没有听说有逻辑这门学问,大一的学生对这课很有兴趣。金先生上课有时要提问,那么多的学生,他不能都叫得上名字来,——联大是没有点名册的,他有时一上课就宣布:"今天,穿红毛衣的女同学回答问题。"于是所有穿红衣的女同学就都有点紧张,又有点兴奋。那时联大女生在蓝阴丹士林旗袍外面套一件红毛衣成了一种风气。——穿蓝毛衣、黄毛衣的极少。问题回答得流利清楚，也是件出风头的事。金先生很注意地听着，完了，说："Yes！请坐！"

学生也可以提出问题，请金先生解答。学生提的问题深浅不一，金先生有问必答，很耐心。有一个华侨同学叫林国达，操广东普通话，最爱提问题，问题大都奇奇怪怪。他大概觉得逻辑这门学问是挺"玄"的，应该提点怪问题。有一次他又站起来提了一个怪问题，金先生想了一想，说："林国达同学，我问你一个问题：Mr. 林国达 is perpendicular to the blackboard（林国达君垂直于黑板），这什么意思？"林国达傻了。林国达当然无法垂直于黑板，但这句话在逻辑上没有错误。

林国达游泳淹死了。金先生上课，说："林国达死了，很不幸。"这一堂课，金先生一直没有笑容。

有一个同学，大概是陈蕴珍，即萧珊，曾问过金先生："您为什么要搞逻辑？"逻辑课的前一半讲三段论，大前提、小前提、结论、周延、不周延、归纳、演绎……还比较有意思。后半部全是符号，简直像高等数学。她的意思是，这种学问多么枯燥！金先生的回答是："我觉得它很好玩。"

除了文学院大一学生必修逻辑，金先生还开了一门"符号逻辑"，是选修课。这门学问对我来说简直是天书。选这门课的人很少，教室里只有几个人。学生里最突出的是王浩。金先生讲着讲着，有时会停下来，问："王浩，你以为如何？"这堂课就成了他们师生二人的对话。王浩现在在美国，前些年写了一篇关于金先生的较长的文章，大概是论金先生之学的，我没有见到。

王浩和我是相当熟的。他有个要好的朋友王景鹤，和我同在昆明黄土坡一个中学教书，王浩常来玩。来了，常打篮球。大都是吃了午饭就打。王浩管吃了饭就打球叫"练盲肠"。王浩的相貌颇"土"，脑袋很大，剪了一个光头，——联大同学剪光头的很少，说话带山东口音。他现在成了洋人——美籍华人，国际知名的学者，我实在想象不出他现在是什么样子。前年他回国讲学，托一个同学要我给他画一张画。我给他画了几个青头菌、牛肝菌、一根大葱、两头蒜，还有一块很大的宣威火腿。——火腿是很少入画的。我在画上题了几句话，有一句是"以慰王浩异国乡情"。王浩的学问，原来是师承金先生的。一个人一生哪怕只教出一个好学生，也值得了。当然，金先生的好学生不止一个人。

金先生是研究哲学的，但是他看了很多小说，从普鲁斯特到福尔摩斯，都看。听说他很爱看平江不肖生的《江湖奇侠传》。有几个联大同学住在金鸡巷，陈蕴珍、王树藏、刘北汜、施载宣（萧荻）。楼上有一间小客厅。沈先生有时拉一个熟人去给少数爱好文学、写写东西的同学讲一点什么。金先生有一次也被拉了去。他讲的题目是"小说和哲学"。题目是沈先生给他出的。大家以为金先生一定会讲出一番道理。不料金先生讲了半天,结论却是:小说和哲学没有关系。有人问:"那么《红楼梦》呢?"金先生说:"《红楼梦》里的哲学不是哲学。"他讲着讲着,忽然停下来:"对不起,我这里有个小动物。"他把右手伸进后脖颈,捉出了一个跳蚤,捏在手里看看,甚为得意。

金先生是个单身汉(联大教授里不少光棍儿,杨振声先生曾写过一篇游戏文章《释鳏》,在教授间传阅),无儿无女,但是过得自得其乐。他养了一只很大的斗鸡(云南出斗鸡)。这只斗鸡能把脖子伸上来,和金先生一个桌子吃饭。他到处搜罗大梨、大石榴,拿去和别的教授的孩子比赛。比输了,就把梨或石榴送给他的小朋友,他再去买。

金先生朋友很多,除了哲学家的教授外,时常来往的,据我所知,有梁思成、林徽因夫妇,沈从文,张奚若……君子之交淡如水,坐定之后,清茶一杯,闲话片刻而已。金先生对林徽因的谈吐才华,十分欣赏。现在的年轻人多不知道林徽因。她是学建筑的,但是对文学的趣味极高,精于鉴赏,所写的诗和小说如《窗子以外》《九十九度中》风格清新,一时无二。林徽因死后,有一年,金先生在北京饭店请了一次客,老朋友收到通知,都纳闷:老金为什么请客?到了之后,金先生才宣布:"今天是徽因的生日。"

金先生晚年深居简出。毛主席曾经对他说:"你要接触接触社会。"金先生已经八十岁了,怎么接触社会呢?他就和一个蹬平板三轮车的约好,每天蹬着带他到王府井一带转一大圈。我想象金先生坐在平板三轮上东张西望,那情景一定非常有趣。王府井人挤人,熙熙攘攘,谁也不会知道这位东张西望的老人是一位一肚子学问,为人天真、热爱生活的大哲学家。

金先生治学精深,而著作不多,除了一本大学丛书里的《逻辑》,我所知道的,还有一本《论道》。其余还有什么,我不清楚,须问王浩。

我对金先生所知甚少。希望熟知金先生的人把金先生好好写一写。

联大的许多教授都应该有人好好地写一写。

一九八七年二月二十三日
载一九八七年第五期《读书》

多年父子成兄弟

这是我父亲的一句名言。

父亲是个绝顶聪明的人。他是画家，会刻图章，画写意花卉。图章初宗浙派，中年后治汉印。他会摆弄各种乐器，弹琵琶，拉胡琴，笙箫管笛，无一不通。他认为乐器中最难的其实是胡琴，看起来简单，只有两根弦，但是变化很多，两手都要有功夫。他拉的是老派胡琴，弓子硬，松香滴得很厚——现在拉胡琴的松香都只滴了薄薄的一层，他的胡琴音色刚亮。胡琴码子都是他自己刻的，他认为买来的不中使。他养蟋蟀养金铃子，他养过花，他养的一盆素心兰在我母亲病故那年死了，从此他就不再养花。我母亲死后，他亲手给她做了几箱子冥衣——我们那里有烧冥衣的风俗。按照母亲生前的喜好，选购了各种花素色纸作衣料，单夹皮棉，四时不缺。他做的皮衣能分得出小麦穗、羊羔、灰鼠、狐肷。

父亲是个很随和的人，我很少见他发过脾气，对待子女，从无疾言厉色。他爱孩子，喜欢孩子，爱跟孩子玩，带着孩子玩。我的姑妈称他为"孩子头"。春天，不到清明，他领一群孩子到麦田里放风筝。放的是他自己糊的蜈蚣（我们那里叫"百脚"），是用染了色的绢糊的。放风筝的线是胡琴的老弦。老弦结实而轻，这样风筝可笔直地飞上去，没有"肚儿"。用胡琴弦放风筝，我还未见过第二人。清明节前，小麦还没有"起身"，是不怕践踏的，而且越踏会越长得旺。孩子们在屋里闷了一冬天，在春天的田野里奔跑跳跃，身心都极其畅快。他用钻石刀把玻璃裁成不同形状的小块，再一块一块斗拢，接缝处用胶水粘牢，做成小桥、小亭子、八角玲珑水晶球。桥、亭、球是中空的，里面养了金铃子。从外面可以看到金铃子在里面自在爬行，振翅鸣叫。他会做各种灯。用浅绿透明的"鱼鳞纸"扎了一只纺织娘，栩栩如生。用西洋红染了色，上深下浅，通草做花瓣，做了一个重瓣荷花灯，真是美极了。用小西瓜（这是拉秧的小瓜，因其小，不中吃，叫作"打瓜"或"笃瓜"）上开小口挖净瓜瓤，在瓜皮上雕镂出极细的花纹，做成西瓜灯。我们在这些灯里点了蜡烛，穿街过巷，邻居的孩子都跟过来看，非常羡慕。

父亲对我的学业是关心的，但不强求。我小时候，国文成绩一直是全班第一。我的作文，时得佳评，他就拿出去到处给人看。我的数学不好，他也不责怪，只要能及格，就行了。他画画，我小时也喜欢画画，但他从不指点我。他画画时，我在旁边看，其余时间由我自己乱翻画谱，瞎抹。我对写意花卉那时还不太会欣赏，只是画一些鲜艳的大桃子，或者我从来没有见过的瀑布。我小时字写得不错，他倒是给我出过一点主意。在我写过一阵《圭峰碑》和《多宝塔》以后，他建议我写写《张猛龙》。这建议是很好的，到现在我写的字还有《张猛龙》的影响。我初中时爱唱戏，唱青衣，我的嗓子很好，高亮甜润。在家里，他拉胡琴，我唱。我的同学有几个能唱戏的。学校开园乐会，他应我的邀请，到学校去伴奏。几个同学都只是清唱，有一个姓费的同学借到一顶纱帽、一件蓝官衣，扮起来唱《朱砂井》，但是没有配角，没有衙役，没有犯人，只是一个赵廉，摇着马鞭在台上走了两圈，唱了一段"郿坞县在马上心神不定"便完事下场。父亲那么大的人陪着几个孩子玩了一下午，还挺高兴。我十七岁初恋，暑假里，在家写情书，他在一旁瞎出主意。我十几岁就学会了抽烟喝酒。他喝酒，给我也倒一杯。抽烟，一次抽出两根，他一根我一根。他还总是先给我点上火。我们的这种关系，他人或以为怪。父亲说："我们是多年父子成兄弟。"

我和儿子的关系也是不错的。我戴了"右派分子"的帽子下放张家口农村劳动，他那时还从幼儿园刚毕业，刚刚学会汉语拼音，用汉语拼音给我写了第一封信。我也只好赶紧学会汉语拼音，好给他写回信。"文化大革命"期间，我被打成"黑帮"，送进"牛棚"。偶尔回家，孩子们对我还是很亲热。我的老伴告诫他们"你们要和爸爸'划清界限'"，儿子反问母亲："那你怎么还给他打酒？"只有一件事，两代之间，曾有分歧。他下放山西忻县"插队落户"，按规定，春节可以回京探亲。我们等着他回来。不料他同时带回了一个同学。他这个同学的父亲是一位正受林彪迫害，搞得人囚家破的空军将领。这个同学在北京已经没有家。按照大队的规定是不能回北京的，但是孩子很想回北京，在一伙同学的秘密帮助下，我的儿子就偷偷地把他带回来了。他连"临时户口"也不能上，是个"黑人"，我们留他在家住，等于"窝藏"了他。公安局随时可以来查户口，街道办事处的大妈也可能举报。当时人人自危，自顾不暇，儿子惹了这么一个麻烦，使我们非常为难。我和老伴把他叫到我们的卧室，对他的冒失行为表示不满，我责备他："怎么事前也不和我们商量一下！"我的儿子哭了，哭得很委屈，很伤心。我们当时立刻明白了：他是对的，我们是错的。我们这种怕担干系的思想是庸俗的。我们对儿子和同学之间义气缺乏理解，对他的感情不够尊重。他的同学在我们家一直住了四十多天，才离去。

对儿子的几次恋爱，我采取的态度是"闻而不问"，了解，但不干涉。我们相信他自己的选择、他的决定。最后,他悄悄和一个小学时期女同学好上了,结了婚。有了一个女儿,已近七岁。

我的孩子有时叫我"爸",有时叫我"老头子!",连我的孙女也跟着叫。我的亲家母说这孩子"没大没小"。我觉得一个现代化的、充满人情味的家庭,首先必须做到"没大没小"。父母叫人敬畏,儿女"笔管条直"最没有意思。

儿女是属于他们自己的。他们的现在,和他们的未来,都应由他们自己来设计。一个想用自己理想的模式塑造自己的孩子的父亲是愚蠢的,而且,可恶!另外作为一个父亲,应该尽量保持一点童心。

一九九〇年九月一日

载一九九一年第一期《福建文学》

卷四 品味人生

受戒

明海出家已经四年了。

他是十三岁来的。

这个地方的地名有点怪,叫庵赵庄。赵,是因为庄上大都姓赵。叫作庄,可是人家住得很分散,这里两三家,那里两三家。一出门,远远可以看到,走起来得走一会儿,因为没有大路,都是弯弯曲曲的田埂。庵,是因为有一个庵。庵叫菩提庵,可是大家叫讹了,叫成荸荠庵。连庵里的和尚也这样叫。"宝刹何处?"——"荸荠庵。"庵本来是住尼姑的。"和尚庙""尼姑庵"嘛。可是荸荠庵住的是和尚。也许因为荸荠庵不大,大者为庙,小者为庵。

明海在家叫小明子。他是从小就确定要出家的。他的家乡不叫"出家",叫"当和尚"。他的家乡出和尚。就像有的地方出劁猪的,有的地方出织席子的,有的地方出箍桶的,有的地方出弹棉花的,有的地方出画匠,有的地方出婊子,他的家乡出和尚。人家弟兄多,就派一个出去当和尚。当和尚也要通过关系,也有帮。这地方的和尚有的走得很远。有到杭州灵隐寺的、上海静安寺的、镇江金山寺的、扬州天宁寺的。一般的就在本县的寺庙。明海家田少,老大、老二、老三,就足够种的了。他是老四。他七岁那年,他当和尚的舅舅回家,他爹、他娘就和舅舅商议,决定叫他当和尚。他当时在旁边,觉得这实在是在情在理,没有理由反对。当和尚有很多好处。一是可以吃现成饭。哪个庙里都是管饭的。二是可以攒钱。只要学会了放瑜伽焰口,拜梁皇忏,就可以按例分到辛苦钱。积攒起来,将来还俗娶亲也可以;不想还俗,买几亩田也可以。当和尚也不容易,一要面如朗月,二要声如钟磬,三要聪明,记性好。他舅舅给他相了相面,叫他前走几步,后走几步,又叫他喊了一声赶牛打场的号子"格当嘚——",说是"明子准能当个好和尚,我包了!"要当和尚,得下点本,——念几年书。哪有不认字的和尚呢!于是明子就开蒙入学,读了《三字经》《百家姓》《四言杂字》《幼学琼林》《上论》《下论》《上孟》《下孟》,每天还写一张仿。村里都夸他字写得好,很黑。

舅舅按照约定的日期又回了家,带了一件他自己穿的和尚领的短衫,叫明子娘改小一点,给明子穿上。明子穿了这件和尚短衫，下身还是在家穿的紫花裤子，赤脚穿了一双新布鞋，跟他爹、他娘磕了一个头，就随舅舅走了。

他上学时起了个学名，叫明海。舅舅说，不用改了。于是"明海"就从学名变成了法名。

过了一个湖。好大一个湖！穿过一个县城。县城真热闹：官盐店，税务局，肉铺里挂着成爿的猪肉，一个驴子在磨芝麻，满街都是小磨香油的香味，布店，卖茉莉粉、梳头油的什么斋，卖绒花的，卖丝线的，打把式卖膏药的，吹糖人的，耍蛇的……他什么都想看看。舅舅一劲儿地推他："快走！快走！"

到了一个河边，有一只船在等着他们。船上有一个五十来岁的瘦长瘦长的大伯，船头蹲着一个跟明子差不多大的女孩子，在剥一个莲蓬吃。明子和舅舅坐到舱里，船就开了。

明子听见有人跟他说话，是那个女孩子。

"是你要到荸荠庵当和尚吗？"

明子点点头。

"当和尚要烧戒疤欧！你不怕？"

明子不知道怎么回答，就含含糊糊地摇了摇头。

"你叫什么？"

"明海。"

"在家的时候？"

"叫明子。"

"明子！我叫小英子！我们是邻居。我家挨着荸荠庵。——给你！"

小英子把吃剩的半个莲蓬扔给明海，小明子就剥开莲蓬壳，一颗一颗吃起来。

大伯一桨一桨地划着，只听见船桨拨水的声音："哗——许！哗——许！"

…………

荸荠庵的地势很好，在一片高地上。这一带就数这片地势高，当初建庵的人很会选地方。门前是一条河。门外是一片很大的打谷场。三面都是高大的柳树。山门里是一个穿堂。迎门供着弥勒佛。不知是哪一位名士撰写了一副对联：

大肚能容容天下难容之事
开颜一笑笑世间可笑之人

弥勒佛背后，是韦驮。过穿堂，是一个不小的天井，种着两棵白果树。天井两边各有三间厢房。走过天井，便是大殿，供着三世佛。佛像连龛才四尺来高。大殿东边是方丈，西边是库房。大殿东侧，有一个小小的六角门，白门绿字，刻着一副对联：

一花一世界
三藐三菩提

　　进门有一个狭长的天井，几块假山石，几盆花，有三间小房。

　　小和尚的日子清闲得很。一早起来，开山门，扫地。庵里的地铺的都是箩底方砖，好扫得很，给弥勒佛、韦驮烧一炷香，正殿的三世佛面前也烧一炷香，磕三个头，念三声"南无阿弥陀佛"，敲三声磬。这庵里的和尚不兴做什么早课、晚课，明子这三声磬就全都代替了。然后，挑水，喂猪。然后，等当家和尚即明子的舅舅起来，教他念经。

　　教念经也跟教书一样，师父面前一本经，徒弟面前一本经，师父唱一句，徒弟跟着唱一句。是唱哎。舅舅一边唱，一边还用手在桌上拍板。一板一眼，拍得很响，就跟教唱戏一样。是跟教唱戏一样，完全一样哎。连用的名词都一样。舅舅说：念经，一要板眼准，二要合工尺。说：当一个好和尚，得有条好嗓子。说：民国二十年闹大水，运河倒了堤，最后在清水潭合龙，因为大水淹死的人很多，放了一台大焰口，十三大师——十三个正座和尚，各大庙的方丈都来了，下面的和尚上百。谁当这个首座？推来推去，还是石桥——善因寺的方丈！他往上一坐，就跟地藏王菩萨一样,这就不用说了;那一声"开香赞",围看的上千人立时鸦雀无声。说:嗓子要练,夏练三伏,冬练三九,要练丹田气!说:要吃得苦中苦,方为人上人!说:和尚里也有状元、榜眼、探花!要用心,不要贪玩!舅舅这一番大法要说得明海和尚实在是五体投地,于是就一板一眼地跟着舅舅唱起来:

"炉香乍爇——"

"炉香乍爇——"

"法界蒙薰——"

"法界蒙薰——"

"诸佛现金身……"

"诸佛现金身……"

…………

等明海学完了早经,——他晚上临睡前还要学一段,叫作晚经,——荸荠庵的师父们就都陆续起床了。

这庵里人口简单,一共六个人。连明海在内,五个和尚。

有一个老和尚,六十几了,是舅舅的师叔,法名普照,但是知道的人很少,因为很少人叫他法名,都称之为老和尚或老师父,明海叫他师爷爷。这是个很枯寂的人,一天关在房里,就是那"一花一世界"里。也看不见他念佛,只是那么一声不响地坐着。他是吃斋的,过年时除外。

下面就是师兄弟三个，仁字排行：仁山、仁海、仁渡。庵里庵外，有的称他们为大师父、二师父；有的称之为山师父、海师父。只有仁渡，没有叫他"渡师父"的，因为听起来不像话，大都直呼之为仁渡。他也只配如此，因为他还年轻，才二十多岁。

仁山，即明子的舅舅，是当家的。不叫"方丈"，也不叫"住持"，却叫"当家的"，是很有道理的，因为他确确实实干的是当家的职务。他屋里摆的是一张账桌，桌子上放的是账簿和算盘。账簿共有三本。一本是经账，一本是租账，一本是债账。和尚要做法事，做法事要收钱，——要不，当和尚干什么？常做的法事是放焰口。正规的焰口是十个人。一个正座，一个敲鼓的，两边一边四个。人少了，八个，一边三个，也凑合了。荸荠庵只有四个和尚，要放整焰口就得和别的庙里合伙。这样的时候也有过。通常只是放半台焰口。一个正座，一个敲鼓，另外一边一个。一来找别的庙里合伙费事；二来这一带放得起整焰口的人家也不多。有的时候，谁家死了人，就只请两个，甚至一个和尚咕噜咕噜念一通经，敲打几声法器就算完事。很多人家的经钱不是当时就给，往往要等秋后才还。这就得记账。另外，和尚放焰口的辛苦钱不是一样的。就像唱戏一样，有份子。正座第一份。因为他要领唱，而且还要独唱。当中有一大段"叹骷髅"，别的和尚都放下法器休息，只有首座一个人有板有眼地曼声吟唱。第二份是敲鼓的。你以为这容易呀？哼，单是一开头的"发擂"，手上没功夫就敲不出迟疾顿挫！其余的，就一样了。这也得记上：某月某日，谁家焰口半台，谁正座，谁敲鼓……省得到年底结账时赌咒骂娘。……这庵里有几十亩庙产，租给人种，到时候要收租。庵里还放债。租、债一向倒很少亏欠，因为租佃借钱的人怕菩萨不高兴。这三本账就够仁山忙的了。另外香烛、灯火、油盐"福食"，这也得随时记记账呀。除了账簿之外，山师父的方丈的墙上还挂着一块水牌，上漆四个红字："勤笔免思。"

　　仁山所说当一个好和尚的三个条件，他自己其实一条也不具备。他的相貌只要用两个字就说清楚了：黄，胖。声音也不像钟磬，倒像母猪。聪明吗？难说，打牌老输。他在庵里从不穿袈裟，连海青直裰也免了。经常是披着件短僧衣，袒露着一个黄色的肚子。下面是光脚趿拉着一对僧鞋，——新鞋，他也是趿拉着。他一天就是这样不衫不履地这里走走，那里走走，发出母猪一样的声音："呣——呣——"

　　二师父仁海。他是有老婆的。他老婆每年夏秋之间来住几个月，因为庵里凉快，庵里有六个人，其中之一，就是这位和尚的家眷。仁山、仁渡叫她嫂子，明海叫她师娘。这两口子都很爱干净，整天地洗涮。傍晚的时候，坐在天井里乘凉。白天，闷在屋里不出来。

三师父是个很聪明精干的人。有时一笔账大师兄扒了半天算盘也算不清，他眼珠子转两转，早算得一清二楚。他打牌赢的时候多，二三十张牌落地，上下家手里有些什么牌，他就差不多都知道了。他打牌时，总有人爱在他后面看歪头和。谁家约他打牌，就说"想送两个钱给你"。他不但经忏俱通（小庙的和尚能够拜忏的不多），而且身怀绝技，会"飞铙"。七月间有些地方做盂兰会，在旷地上放大焰口，几十个和尚，穿绣花袈裟，飞铙。飞铙就是把十多斤重的大铙钹飞起来。到了一定的时候，全部法器皆停，只几十副大铙紧张急促地敲起来。忽然起手，大铙向半空中飞去，一面飞，一面旋转。然后，又落下来，接住。接住不是平平常常地接住，有各种架势，"犀牛望月""苏秦背剑"……这哪是念经，这是耍杂技。也许是地藏王菩萨爱看这个，但真正因此快乐起来的是人，尤其是妇女和孩子。这是年轻漂亮的和尚出风头的机会。一场大焰口过后，也像一个好戏班子过后一样，会有一个两个大姑娘小媳妇失踪，——跟和尚跑了。他还会放"花焰口"。有的人家，亲戚中多风流子弟，在不是很哀伤的佛事——如做冥寿时，就会提出放花焰口。所谓"花焰口"就是在正焰口之后，叫和尚唱小调，拉丝弦，吹管笛，敲鼓板，而且可以点唱。仁渡一个人可以唱一夜不重头。仁渡前几年一直在外面，近二年才常住在庵里。据说他有相好的，而且不止一个。他平常可是很规矩，看到姑娘媳妇总是老老实实的，连一句玩笑话都不说，一句小调山歌都不唱。

有一回，在打谷场上乘凉的时候，一伙人把他围起来，非叫他唱两个不可。

他却情不过，说："好，唱一个。不唱家乡的。家乡的你们都熟，唱个安徽的。"

　　　　姐和小郎打大麦，
　　　　一转子讲得听不得。
　　　　听不得就听不得，
　　　　打完了大麦打小麦。

唱完了，大家还嫌不够，他就又唱了一个。

　　　　姐儿生得漂漂的，
　　　　…………

这个庵里无所谓清规，连这两个字也没人提起。

仁山吃水烟，连出门做法事也带着他的水烟袋。

他们经常打牌。这是个打牌的好地方。

把大殿上吃饭的方桌往门口一搭,斜放着,就是牌桌。桌子一放好,仁山就从他的方丈里把筹码拿出来,哗啦一声倒在桌上。斗纸牌的时候多,搓麻将的时候少。

牌客除了师兄弟三人,常来的是一个收鸭毛的、一个打兔子兼偷鸡的,都是正经人。收鸭毛的担一副竹筐,串乡串镇,拉长了沙哑的声音喊叫:"鸭毛卖钱——"

偷鸡的有一件家什——铜蜻蜓。看准了一只老母鸡,把铜蜻蜓一丢,鸡婆子上去就是一口。这一啄,铜蜻蜓的硬簧绷开,鸡嘴撑住了,叫不出来了。正在这鸡十分纳闷儿的时候,上去一把薅住。

明子曾经跟这位正经人要过铜蜻蜓看看。他拿到小英子家门前试了一试,果然!小英子的娘知道了,骂明子:"要死了!儿子!你怎么到我家来玩铜蜻蜓了!"

小英子跑过来:"给我!给我!"

她也试了试,真灵,一个黑母鸡一下子就把嘴撑住,傻了眼了!

下雨阴天,这二位就光临荸荠庵,消磨一天。

有时没有外客,就把老师叔也拉出来,打牌的结局,大都是当家和尚气得鼓鼓的:"×妈妈的!又输了!下回不来了!"

他们吃肉不瞒人。年下也杀猪。杀猪就在大殿上。一切都和在家里一样,开水、木桶、尖刀。捆猪的时候,猪也是没命地叫。跟在家人不同的,是多一道仪式,要给即将升天的猪念一道"往生咒",并且总是老师叔念,神情很庄重:"……一切胎生、卵生、息生,来从虚空来,还归虚空去,往生再世,皆当欢喜。南无阿弥陀佛!"

三师父仁渡一刀子下去,鲜红的猪血就带着很多沫子喷出来。

…………

明子老往小英子家里跑。

小英子的家像一个小岛,三面都是河,西面有一条小路通到荸荠庵。独门独户,岛上只有这一家。岛上有六棵大桑树,夏天都结大桑椹,三棵结白的,三棵结紫的;一个菜园子,瓜豆蔬菜,四时不缺。院墙下半截是砖砌的,上半截是泥夯的。大门是桐油油过的,贴着一副万年红的春联:

向阳门第春常在
积善人家庆有余

门里是一个很宽的院子。院子里一边是牛屋、碓棚,一边是猪圈、鸡窠,还有个关鸭子的栅栏。露天地放着一具石磨。正北面是住房，也是砖基土筑，上面盖的一半是瓦，一半是草。房子翻修了才三年，木料还露着白茬。正中是堂屋，家神菩萨的画像上贴的金还没有发黑。两边是卧房。隔扇窗上各嵌了一块一尺见方的玻璃，明亮亮的，——这在乡下是不多见的。房檐下一边种着一棵石榴树，一边种着一棵栀子花，都齐房檐高了。夏天开了花，一红一白，好看得很。栀子花香得冲鼻子。顺风的时候，在荸荠庵都闻得见。

这家人口不多，他家当然是姓赵。一共四口人：赵大伯、赵大妈，两个女儿——大英子、小英子。老两口没得儿子。因为这些年人不得病，牛不生灾，也没有大旱大水闹蝗虫，日子过得很兴旺。他们家自己有田，本来够吃的了，又租种了庵上的十亩田。自己的田里，一亩种了荸荠，——这一半是小英子的主意，她爱吃荸荠，一亩种了茨菰。家里喂了一大群鸡鸭，单是鸡蛋鸭毛就够一年的油盐了。赵大伯是个能干人。他是一个"全把式"，不但田里场上样样精通，还会罾鱼、洗磨、凿砻、修水车、修船、砌墙、烧砖、箍桶、劈篾、绞麻绳。他不咳嗽，不腰疼，结结实实，像一棵榆树。人很和气，一天不声不响。赵大伯是一棵摇钱树，赵大娘就是个聚宝盆。大娘精神得出奇。五十岁了，两个眼睛还是清亮亮的。不论什么时候，头都是梳得滑溜溜的，身上衣服都是格挣挣的。像老头子一样，她一天不闲着。煮猪食，喂猪，腌咸菜，——她腌的咸萝卜干非常好吃，舂粉子，磨小豆腐，编蓑衣，织芦席。她还会剪花样子。这里嫁闺女，陪嫁妆，瓷坛子、锡罐子，都要用梅红纸剪出吉祥花样，贴在上面，讨个吉利，也才好看："丹凤朝阳"呀，"白头到老"呀，"子孙万代"呀，"福寿绵长"呀。二三十里的人家都来请她："大娘，好日子是十六，你哪天去呀？"——"十五，我一大清早就来！"

"一定呀！"——"一定！一定！"

两个女儿，长得跟她娘像一个模子里托出来的。眼睛长得尤其像，白眼珠鸭蛋青，黑眼珠棋子黑，定神时如清水，闪动时像星星。浑身上下，头是头，脚是脚。头发滑溜溜的，衣服格挣挣的。——这里的风俗，十五六岁的姑娘就都梳上头了。这两个丫头，这一头的好头发！通红的发根，雪白的簪子！娘女三个去赶集，一集的人都朝她们望。

姐妹俩长得很像，性格不同。大姑娘很文静，话很少，像父亲。小英子比她娘还会说，一天叽叽呱呱地不停。大姐说："你一天到晚叽叽呱呱——"

"像个喜鹊！"

"你自己说的！——吵得人心乱！"

"心乱？"

"心乱！"

"你心乱怪我呀!"

二姑娘话里有话。大英子已经有了人家。小人儿她偷偷地看过,人很敦厚,也不难看,家道也殷实,她满意。已经下过小定,日子还没有定下来。她这二年,很少出房门,整天赶她的嫁妆。大裁大剪,她都会。挑花绣花,不如娘。她可又嫌娘出的样子太老了。她到城里看过新娘子,说人家现在绣的都是活花活草。这可把娘难住了。最后是"喜鹊"忽然一拍屁股:"我给你保举一个人!"

这人是谁?是明子。明子念《上孟》《下孟》的时候,不知怎么得了半套《芥子园》,他喜欢得很。到了荸荠庵,他还常翻出来看,有时还把旧账簿子翻过来,照着描。小英子说:"他会画!画得跟活的一样!"

小英子把明海请到家里来,给他磨墨铺纸,小和尚画了几张,大英子喜欢得了不得:"就是这样!就是这样!这就可以乱孱!"——所谓"乱孱"是绣花的一种针法:绣了第一层,第二层的针脚插进第一层的针缝,这样颜色就可由深到淡,不露痕迹,不像娘那一代绣的花是平针,深浅之间,界限分明,一道一道的。小英子就像个书童,又像个参谋:

"画一朵石榴花!"

"画一朵栀子花!"

她把花掐来，明海就照着画。

到后来，凤仙花、石竹子、水蓼、淡竹叶、天竺果子、蜡梅花，他都能画。

大娘看着也喜欢，搂住明海的和尚头："你真聪明！你给我当一个干儿子吧！"

小英子捺住他的肩膀，说："快叫！快叫！"

小明子跪在地下磕了一个头，从此就叫小英子的娘作干娘。

大英子绣的三双鞋，三十里方圆都传遍了。很多姑娘都走路坐船来看。看完了，就说："啧啧啧，真好看！这哪是绣的，这是一朵鲜花！"她们就拿了纸来央大娘求了小和尚来画。有求画帐檐的，有求画门帘飘带的，有求画鞋头花的。每回明子来画花，小英子就给他做点好吃的，煮两个鸡蛋，蒸一碗芋头，煎几个藕团子。

因为照顾姐姐赶嫁妆，田里的零碎生活小英子就全包了。她的帮手，是明子。

这地方的忙活儿是栽秧、车高田水、薅头遍草，再就是割稻子、打场了。这几茬重活儿，自己一家是忙不过来的。这地方兴换工。排好了日期，几家顾一家，轮流转。不收工钱，但是吃好的。一天吃六顿，两头见肉，顿顿有酒。干活儿时，敲着锣鼓，唱着歌，热闹得很。其余的时候，各顾各，不显得紧张。

薅三遍草的时候，秧已经很高了，低下头看不见人。一听见非常脆亮的嗓子在一片浓绿里唱：

栀子哎开花哎六瓣头哎……
姐家哎门前哎一道桥哎……

明海就知道小英子在哪里，三步两步就赶到，赶到就低头薅起草来。傍晚牵牛"打汪"，是明子的事。——水牛怕蚊子。这里的习惯，牛卸了轭，饮了水，就牵到一口和好泥水的"汪"里，由它自己打滚扑腾，弄得全身都是泥浆，这样蚊子就咬不透了。低田上水，只要一挂十四轧的水车，两个人车半天就够了。明子和小英子就伏在车杠上，不紧不慢地踩着车轴上的拐子，轻轻地唱着明海向三师父学来的各处山歌。打场的时候，明子能替赵大伯一会儿，让他回家吃饭。——赵家自己没有场，每年都在荸荠庵外面的场上打谷子。他一扬鞭子，喊起了打场号子："格当嘚——"

这打场号子有音无字，可是九转十三弯，比什么山歌号子都好听。赵大娘在家，听见明子的号子，就侧起耳朵："这孩子这条嗓子！"

连大英子也停下针线："真好听！"

小英子非常骄傲地说:"一十三省数第一!"

晚上,他们一起看场。——荸荠庵收来的租稻也晒在场上。他们并肩坐在一个石磙子上,听青蛙打鼓,听寒蛇唱歌,——这个地方以为蝼蛄叫是蚯蚓叫,而且叫蚯蚓叫"寒蛇",听纺纱婆子不停地纺纱,"唦——",看萤火虫飞来飞去,看天上的流星。

"呀!我忘了在裤带上打一个结!"小英子说。

这里的人相信,在流星掉下来的时候在裤带上打一个结,心里想什么好事,就能如愿。

....

"捏"荸荠,这是小英子最爱干的生活。秋天过去了,地净场光,荸荠的叶子枯了,——荸荠的笔直的小葱一样的圆叶子里是一格一格的,用手一捋,哔哔地响,小英子最爱捋着玩,——荸荠藏在烂泥里。赤了脚,在凉浸浸、滑溜溜的泥里踩着,——哎,一个硬疙瘩!伸手下去,一个红紫红紫的荸荠。她自己爱干这生活,还拉了明子一起去。她老是故意用自己的光脚去踩明子的脚。

她挎着一篮子荸荠回去了,在柔软的田埂上留了一串脚印。明海看着她的脚印,傻了。五个小小的指头,脚掌平平的,脚跟细细的,脚弓部分缺了一块。明海身上有一种从来没有过的感觉,他觉得心里痒痒的。这一串美丽的脚印把小和尚的心搞乱了。

....

明子常搭赵家的船进城，给庵里买香烛，买油盐。闲时是赵大伯划船；忙时是小英子去，划船的是明子。

从庵赵庄到县城，当中要经过一片很大的芦花荡子。芦苇长得密密的，当中一条水路，四边不见人。划到这里，明子总是无端端地觉得心里很紧张，他就使劲地划桨。

小英子喊起来："明子！明子！你怎么啦？你发疯啦？为什么划得这么快？"

....

明海到善因寺去受戒。

"你真的要去烧戒疤呀？"

"真的。"

"好好的头皮上烧十二个洞，那不疼死啦？"

"咬咬牙。舅舅说这是当和尚的一大关，总要过的。"

"不受戒不行吗？"

"不受戒的是野和尚。"

"受了戒有啥好处？"

"受了戒就可以到处云游，逢寺挂褡。"

"什么叫'挂褡'？"

"就是在庙里住。有斋就吃。"

"不把钱?"

"不把钱。有法事,还得先尽外来的师父。"

"怪不得都说'远来的和尚会念经'。就凭头上这几个戒疤?"

"还要有一份戒牒。"

"闹半天,受戒就是领一张和尚的合格文凭呀!"

"就是!"

"我划船送你去。"

"好。"

小英子早早就把船划到荸荠庵门前。不知是什么道理,她兴奋得很。她充满了好奇心,想去看看善因寺这座大庙,看看受戒是个啥样子。

善因寺是全县第一大庙,在东门外,面临一条水很深的护城河,三面都是大树,寺在树林子里,远处只能隐隐约约看到一点金碧辉煌的屋顶,不知道有多大。树上到处挂着"谨防恶犬"的牌子。这寺里的狗出名地厉害。平常不大有人进去。放戒期间,任人游看,恶狗都锁起来了。

好大一座庙!庙门的门槛比小英子的胳膝都高。迎门矗着两块大牌,一边一块,一块写着斗大两个大字——"放戒",一块是"禁止喧哗"。这庙里果然是气象庄严,到了这里,谁也不敢大声咳嗽。明海自去报名办事，小英子就到处看看。好家伙，这哼哈二将、四大天王，有三丈多高，都是簇新的，才装修了不久。天井有二亩地大，铺着青石，种着苍松翠柏。"大雄宝殿"，这才真是个"大殿"！一进去，凉飕飕的。到处都是金光耀眼。释迦牟尼佛坐在一个莲花座上，单是莲座，就比小英子还高。抬起头来也看不全他的脸，只看到一个微微闭着的嘴唇和胖墩墩的下巴。两边的两根大红蜡烛，一搂多粗。佛像前的大供桌上供着鲜花、绒花、绢花，还有珊瑚树、玉如意、整根的大象牙。香炉里烧着檀香。小英子出了庙，闻着自己的衣服都是香的。挂了好些幡。这些幡不知是什么缎子的，那么厚重，绣的花真细。这么大一口磬，里头能装五担水！这么大一个木鱼，有一头牛大，漆得通红的。她又去转了转罗汉堂，爬到千佛楼上看了看。真有一千个小佛！她还跟着一些人去看了看藏经楼，藏经楼没有什么看头，都是经书！妈吔！逛了这么一圈，腿都酸了。小英子想起还要给家里打油，替姐姐配丝线，给娘买鞋面布，给自己买两个坠围裙飘带的银蝴蝶，给爹买旱烟，就出庙了。

等把事情办齐，晌午了。她又到庙里看了看，和尚正在吃粥。好大一个"膳堂"，坐得下八百个和尚。吃粥也有这样多讲究：正面法座上摆着两个锡胆瓶，里面插着红绒花，后面盘膝坐着一个穿了大红满金绣袈裟的和尚，手里拿了戒尺。这戒尺是要打人的。哪个和尚吃粥吃出了声音,他下来就是一戒尺。不过他并不真的打人,只是做个样子。真稀奇,那么多的和尚吃粥,竟然不出一点声音!她看见明子也坐在里面,想跟他打个招呼又不好打。想了想,管他禁止不禁止喧哗,就大声喊了一句:"我走啦!"她看见明子目不斜视地微微点了点头,就不管很多人都朝自己看,大摇大摆地走了。

第四天一大清早小英子就去看明子。她知道明子受戒是第三天半夜,——烧戒疤是不许人看的。她知道要请老剃头师傅剃头,要剃得横摸顺摸都摸不出头发楂子,要不然一烧,就会"走"了戒,烧成了一片。她知道是用枣泥子先点在头皮上,然后用香头子点着。她知道烧了戒疤就喝一碗蘑菇汤,让它"发",还不能躺下,要不停地走动,叫作"散戒"。这些都是明子告诉她的。明子是听舅舅说的。

她一看,和尚真在那里"散戒",在城墙根底下的荒地里。一个一个,穿了新海青,光光的头皮上都有十二个黑点子。——这黑疤掉了,才会露出白白的、圆圆的"戒疤"。和尚都笑嘻嘻的,好像很高兴。她一眼就看见了明子。隔着一条护城河,就喊他:"明子!"

"小英子!"

"你受了戒啦?"

"受了。"

"疼吗?"

"疼。"

"现在还疼吗?"

"现在疼过去了。"

"你哪天回去?"

"后天。"

"上午? 下午?"

"下午。"

"我来接你!"

"好!"

…………

小英子把明海接上船。

小英子这天穿了一件细白夏布上衣,下边是黑洋纱的裤子,赤脚穿了一双龙须草的细草鞋,头上一边插着一朵栀子花,一边插着一朵石榴花。她看见明子穿了新海青,里面露出短褂子的白领子,就说:"把你那外面的一件脱了,你不热呀!"

他们一人一把桨。小英子在中舱,明子扳艄,在船尾。

她一路问了明子很多话,好像一年没有看见了。

她问,烧戒疤的时候,有人哭吗? 喊吗?

明子说，没有人哭，只是不住地念佛。有个山东和尚骂人："俺日你奶奶！俺不烧了！"

她问善因寺的方丈石桥是相貌和声音都很出众吗？

"是的。"

"说他的方丈比小姐的绣房还讲究？"

"讲究。什么东西都是绣花的。"

"他屋里很香？"

"很香。他烧的是伽楠香，贵得很。"

"听说他会作诗，会画画，会写字？"

"会。庙里走廊两头的砖额上，都刻着他写的大字。"

"他是有个小老婆吗？"

"有一个。"

"才十九岁？"

"听说。"

"好看吗？"

"都说好看。"

"你没看见？"

"我怎么会看见？我关在庙里。"

明子告诉她，善因寺一个老和尚告诉他，寺里有意选他当沙弥尾，不过还没有定，要等主事的和尚商议。

"什么叫'沙弥尾'?"

"放一堂戒,要选出一个沙弥头、一个沙弥尾。沙弥头要老成,要会念很多经。沙弥尾要年轻,聪明,相貌好。"

"当了沙弥尾跟别的和尚有什么不同?"

"沙弥头、沙弥尾,将来都能当方丈。现在的方丈退居了,就当。石桥原来就是沙弥尾。"

"你当沙弥尾吗?"

"还不一定哪。"

"你当方丈,管善因寺?管这么大一个庙?!"

"还早哪!"

划了一气,小英子说:"你不要当方丈!"

"好,不当。"

"你也不要当沙弥尾!"

"好,不当。"

又划了一气,看见那一片芦花荡子了。

小英子忽然把桨放下,走到船尾,趴在明子的耳朵旁边,小声地说:"我给你当老婆,你要不要?"

明子眼睛鼓得大大的。

"你说话呀!"

明子说:"嗯。"

"什么叫'嗯'呀!要不要,要不要?"

明子大声地说:"要!"

"你喊什么!"

明子小小声说:"要——!"

"快点划!"

英子跳到中舱,两只桨飞快地划起来,划进了芦花荡。

芦花才吐新穗。紫灰色的芦穗,发着银光,软软的,滑溜溜的,像一串丝线。有的地方结了蒲棒,通红的,像一支一支小蜡烛。青浮萍,紫浮萍。长脚蚊子,水蜘蛛。野菱角开着四瓣的小白花。惊起一只青桩(一种水鸟),擦着芦穗,扑鲁鲁飞远了。

…………

一九八〇年八月十二日,写四十三年前的一个梦

载一九八〇年第十期《北京文艺》

异秉

　　王二是这条街的人看着他发达起来的。

　　不知从什么时候起,他就在保全堂药店廊檐下摆一个熏烧摊子。"熏烧"就是卤味。他下午来,上午在家里。

　　他家在后街濒河的高坡上,四面不挨人家。房子很旧了,碎砖墙,草顶泥地,倒是不仄逼,也很干净,夏天很凉快。一共三间。正中是堂屋,在"天地君亲师"的下面便是一具石磨。一边是厨房,也就是作坊。一边是卧房,住着王二的一家。他上无父母,嫡亲的只有四口人,一个媳妇、一儿一女。这家总是那么安静,从外面听不到什么声音。后街的人家总是吵吵闹闹的。男人揪着头发打老婆,女人拿火叉打孩子,老太婆用菜刀剁着砧板诅咒偷了她的下蛋鸡的贼。王家从来没有这些声音。他们家起得很早。天不亮王二就起来备料,然后就烧煮。他媳妇梳好头就推磨磨豆腐。——王二的熏烧摊每天要卖出很多回卤豆腐干,这豆干是自家做的。磨得了豆腐，就帮王二烧火，火光照得她的圆盘脸红红的。（附近的空气里弥漫着王二家飘出的五香味。）后来王二喂了一头小毛驴，她就不用围着磨盘转了，只要把小驴牵上磨，不时往磨眼里倒半碗豆子，注一点水就行了。省出时间，好做针线。一家四口，大裁小剪，很费工夫。两个孩子，大儿子长得像妈，圆乎乎的脸，两个眼睛笑起来一道缝。小女儿像父亲，瘦长脸，眼睛挺大。儿子念了几年私塾，能记账了，就不念了。他一天就是牵了小驴去饮，放它到草地上去打滚。到大了一点，就帮父亲洗料备料做生意，放驴的差事就归了妹妹了。

每天下午，在上学的孩子放学，人家淘晚饭米的时候，他就来摆他的摊子。他为什么选中保全堂来摆他的摊子呢？是因为这地点好，东街西街和附近几条巷子到这里都不远；因为保全堂的廊檐宽，柜台到铺门有相当的余地；还是因为这是一家药店，药店到晚上生意就比较清淡，——很少人晚上上药铺抓药的，他摆个摊子碍不着人家的买卖，都说不清。当初还一定是请人向药店的东家说了好话，亲自登门叩谢过的。反正，有年头了。他的摊子的全副"生财"——这地方把做买卖的用具叫作"生财"，就寄放在药店店堂的后面过道里，挨墙放着，上面就是悬在二梁上的赵公元帅的神龛，这些"生财"包括两块长板、两条三条腿的高板凳（这种高凳一边两条腿，在两头；一边一条腿在当中），以及好几个一面装了玻璃的匣子。他把板凳支好，长板放平，玻璃匣子排开。这些玻璃匣子里装的是黑瓜子、白瓜子、盐炒豌豆、油炸豌豆、兰花豆、五香花生米，长板的一头摆开"熏烧"。"熏烧"除回卤豆腐干之外，主要是牛肉、蒲包肉和猪头肉。这地方一般人家是不大吃牛肉的。吃，也极少红烧、清炖，只是到熏烧摊子去买。这种牛肉是五香加盐煮好，外面染了通红的红曲，一大块一大块地堆在那里。买多少，现切，放在送过来的盘子里，抓一把青蒜，浇一勺辣椒糊。蒲包肉似乎是这个县里特有的。用一个三寸来长直径寸半的蒲包，里面衬上豆腐皮，塞满了加了粉子的碎肉，封了口，拦腰用一道麻绳系紧，成一个葫芦形。煮熟以后，倒出来，也是一个带有蒲包印迹的葫芦。切成片，很香。猪头肉则分门别类地卖，拱嘴、耳朵、脸子，——脸子有个专门名词，叫"大肥"。要什么，切什么。到了上灯以后，王二的生意就到了高潮。只见他拿了刀不停地切，一面还忙着收钱，包油炸的、盐炒的豌豆、瓜子，很少有歇一歇的时候。一直忙到九点多钟，在他的两盏高罩的煤油灯里煤油已经点去了一多半，装熏烧的盘子和装豌豆的匣子都已经见了底的时候，他媳妇给他送饭来了，他才用热水擦一把脸，吃晚饭。吃完晚饭，总还有一些零零星星的生意，他不忙收摊子，就端了一杯热茶，坐到保全堂店堂里的椅子上，听人聊天，一面拿眼睛瞟着他的摊子，见有人走来,就起身切一盘,包两包。他的主顾都是熟人,谁什么时候来,买什么,他心里都是有数的。

这一条街上的店铺、摆摊的,生意如何,彼此都很清楚。近几年,景况都不大好。有几家好一些,但也只是能维持。有的是逐渐地败落下来了。先是货架上的东西越来越空,只出不进,最后就出让"生财",关门歇业。只有王二的生意却越做越兴旺。他的摊子越摆越大,装炒货的匣子,装熏烧的洋瓷盘子,越来越多。每天晚上到了买卖高潮的时候,摊子外面有时会拥着好些人。好天气还好,遇上下雨下雪(下雨下雪买他的东西的比平常更多),叫主顾在当街打伞站着,实在很不过意。于是经人说合,出了租钱,他就把他的摊子搬到隔壁源昌烟店的店堂里去了。

源昌烟店是个老名号,专卖旱烟,做门市,也做批发。一边是柜台,一边是刨烟的作坊。这一带抽的旱烟是刨成丝的。刨烟师傅把烟叶子一张一张立着叠在一个特制的木床子上,用皮绳木楔卡紧,两腿夹着床子,用一个刨刃有半尺宽的大刨子刨。烟是黄的。他们都穿了白布套裤。这套裤也都变黄了。下了工,脱了套裤,他们身上也到处是黄的。头发也是黄的。——手艺人都带着他那个行业特有的颜色。染坊师傅的指甲缝里都是蓝的,碾米师傅的眉毛总是白蒙蒙的。原来,源昌号每天有四个师傅、四副床子刨烟。每天总有一些大人孩子站在旁边看。后来减成三个，两个，一个。最后连这一个也辞了。这家的东家就靠卖一点纸烟、火柴、零包的茶叶维持生活，也还卖一点蔫来的旱烟、皮丝烟。不知道为什么，原来挺敞亮的店堂变得黑暗了，牌匾上的金字也都无精打采了。那座柜台显得特别地大。大，而空。

王二来了，就占了半边店堂，就是原来刨烟师傅刨烟的地方。他的摊子原来在保全堂廊檐是东西向横放着的，迁到源昌，就改成南北向，直放了。所以，已经不能算是一个摊子，而是半个店铺了。他在原有的板子之外增加了一块，摆成一个曲尺形，俨然也就是一个柜台。他所卖的东西的品种也增加了。即以熏烧而论，除了原有的回卤豆腐干、牛肉、猪头肉、蒲包肉之外，春天，卖一种叫作"鵽"的野味，——这是一种候鸟，长嘴长脚，因为是桃花开时来的，不知是哪位文人雅士给它起了一个名称叫"桃花鵽"；卖鹌鹑；入冬以后，他就挂起一个长条形的玻璃镜框，里面用大红蜡笺写了泥金字："即日起新添美味羊羔五香兔肉。"这地方人没有自己家里做羊肉的，都是从熏烧摊上买。只有一种吃法：带皮白煮，冻实，切片，加青蒜、辣椒糊，还有一把必不可少的胡萝卜丝（据说这是最能解膻气的）。酱油、醋，买回来自己加。兔肉，也像牛肉似的加盐和五香煮，染了通红的红曲。

这条街上过年时的春联是各式各样的。有的是特制嵌了字号的。比如保全堂，就是由该店拔贡出身的东家拟制的"保我黎民，全登寿域"；有些大字号，比如布店，口气很大，贴的是"生涯宗子贡，贸易效陶朱"，最常见的是"生意兴隆通四海，财源茂盛达三江"；小本经营的买卖的则很谦虚地写出"生意三春草，财源雨后花"。这么一副春联，用于王二的熏烧摊子准铺子，真是再贴切不过了，虽然王二并没有想到贴这样一副春联，——他也没处贴呀，这铺面的字号还是"源昌"。他的生意真是三春草、雨后花一样地起来了。"起来"最显眼的标志是他把长罩煤油灯撤掉，挂起一盏呼呼作响的汽灯。须知，汽灯这东西只有钱庄、绸缎庄才用，而王二，居然在一个熏烧摊子的上面挂起来了。这白亮白亮的汽灯，越显得源昌柜台里的一盏煤油灯十分地暗淡了。

王二的发达，是从他的生活也看得出来的。第一，他可以自由地去听书。王二最爱听书。走到街上，在形形色色招贴告示中间，他最注意的是说书的报条。那是三寸宽、四尺来长的一条黄颜色的纸，浓墨写道："特聘维扬×××先生在×××（茶馆）开讲××（《三国》《水浒》《岳传》……）是月×日起风雨无阻。"以前去听书都要经过考虑。一是花钱，二是费时间，更主要的是考虑这于他的身份不大相称：一个卖熏烧的，常常听书，怕人议论。近年来，他觉得可以了，想听就去。小蓬莱、五柳园（这都是说书的茶馆），都去，《三国》《水浒》《岳传》，都听。尤其是夏天，天长，穿了竹布的或夏布的长衫，拿了一吊钱，就去了。下午的书一点开书，不到四点钟就"明日请早"了（这里说书的规矩是在说书先生说到预定的地方，留下一个扣子，跑堂的茶房高喝一声"明日请早——"，听客们就纷纷起身散场），这耽误不了他的生意。他一天忙到晚，只有这一段时间得空。第二，过年推牌九，他在下注时不犹豫。王二平常绝不赌钱，只有过年赌五天。过年赌钱不犯禁，家家店铺里都可赌钱。初一起，不做生意，铺门关起来，里面黑洞洞的。保全堂柜台里身，有一个小穿堂，是供神农祖师的地方，上面有个天窗，比较亮堂。拉开神农画像前的一张方桌，哗啦一声，骨牌和骰子就倒出来了。打麻将多是社会地位相近的，推牌九则不论，谁都可以来。保全堂的"同仁"（除了陶先生和陈相公），替人家收房钱的抡元，卖活鱼的疤眼——他曾得外症，治愈后左眼留一大疤，小学生给他起了个外号叫"巴颜喀拉山"，这外号竟传开了，一街人都叫他巴颜喀拉山，虽然有人不知道这是什么意思，——王二。输赢说大不大，说小可也不少。十吊钱推一庄。十吊钱相当于三块洋钱。下注稍大的是一吊钱三三四，一吊钱分三道：三百、三百、四百。七点赢一道，八点赢两道，若是抓到一副九点或是天地杠，庄家赔一吊钱。王二下"三三四"是常事。有时竟会下到五吊钱一注孤丁,把五吊钱稳稳地推出去,心不跳,手不抖。(收房钱的抡元下到五百钱一注时手就抖个不住。)赢得多了,他也能上去推两庄。推牌九这玩意儿,财越大,气越粗,王二输的时候竟不多。

王二把他的买卖乔迁到隔壁源昌去了,但是每天九点以后他一定还是端了一杯茶到保全堂店堂里来坐个点把钟。儿子大了,晚上再来的零星生意,他一个人就可以应付了。

且说保全堂。

这是一家门面不大的药店。不知为什么,这药店的东家用人,不用本地人,从上到下,从管事的到挑水的,一律是淮城人。他们每年有一个月的假期,轮流回家,去干传宗接代的事。其余十一个月,都住在店里。他们的老婆就守十一个月的寡。药店的"同仁",一律称为"先生"。先生里分为几等。一等的是"管事",即经理。当了管事就是终身职务,很少听说过有东家把管事辞了的。除非老管事病故,才会延聘一位新管事。当了管事,就有"身股",或称"人股",到了年底可以按股分红。因此,他对生意是兢兢业业,忠心耿耿的。东家从不到店,管事负责一切。他照例一个人单独睡在神农像后面的一间屋子里,名叫"后柜"。总账、银钱,贵重的药材如犀角、羚羊、麝香,都锁在这间屋子里，钥匙在他身上，——人参、鹿茸不算什么贵重东西。吃饭的时候，管事总是坐在横头末席，以示代表东家奉陪诸位先生。熬到"管事"能有几人？全城一共才有那么几家药店。保全堂的管事姓卢。二等的叫"刀上"，管切药和"跌"丸药。药店每天都有很多药要切"饮片"，切得整齐不整齐、漂亮不漂亮，直接影响生意好坏。内行人一看，就知道这药是什么人切出来的。"刀上"是个技术人员，薪金最高，在店中地位也最尊。吃饭时他照例坐在上首的二席，——除了有客，头席总是虚着的。逢年过节，药王生日（药王不是神农氏，却是孙思邈），有酒，管事的举杯，必得"刀上"先喝一口，大家才喝。保全堂的"刀上"是全县头一把刀，他要是闹脾气辞职，马上就有别家抢着请他去。好在此人虽有点高傲，有点倔，却轻易不发脾气。他姓许。其余的都叫"同事"。那读法却有点特别，重音在"同"字上。他们的职务就是抓药、写账。"同事"是没有什么了不起的，每年都有被辞退的可能。辞退时"管事"并不说话，只是在腊月有一桌辞年酒，算是东家向"同仁"道一年的辛苦，只要是把哪位"同事"请到上席去，该"同事"就二话不说，客客气气地卷起铺盖另谋高就。当然，事前就从旁漏出一点风声的，并不当真是打一闷棍。该辞退"同事"在八月节后就有预感。有的早就和别家谈好，很潇洒地走了；有的则请人斡旋，留一年再看。

后一种，总要做一点"检讨"，下一点"保证"。"回炉的烧饼不香"，辞而不去，面上无光，身价就低了。保全堂的陶先生，就已经有三次要被请到上席了。他咳嗽痰喘，人也不精明。终于没有坐上席，一则是同行店伙纷纷来说情：辞了他，他上谁家去呢？谁家会要这样一个痰篓子呢？这岂非绝了他的生计？二则，他还有一点好处，即不回家。他四十多岁了，却没有传宗接代的任务，因为他没有娶过亲。这样，陶先生就只有更加勤勉，更加谨慎了。每逢他的喘病发作时，有人问："陶先生，你这两天又不大好吧？"他就一面喘嗽着一面说："啊，不，很好，很（呼噜呼噜）好！"

以上，是"先生"一级。"先生"以下，是学生意的。药店管学生意的却有一个奇怪称呼，叫作"相公"。

因此，这药店除煮饭挑水的之外，实有四等人："管事""刀上""同事""相公"。

保全堂的几位"相公"都已经过了三年零一节，满师走了。现有的"相公"姓陈。

陈相公脑袋大大的，眼睛圆圆的，嘴唇厚厚的，说话声气粗粗的——呜噜呜噜地说不清楚。

他一天的生活如下：起得比谁都早。起来就把"先生"们的尿壶都倒了涮干净控在厕所里。扫地。擦桌椅、擦柜台。到处掸土。开门。这地方的店铺大都是"铺闼子门"①,——一列宽可一尺的厚厚的门板嵌在门框和门槛的槽子里。陈相公就一块一块卸出来,按"东一""东二""东三""东四""西一""西二""西三""西四"次序,靠墙竖好。晒药,收药。太阳出来时,把许先生切好的"饮片"、"跌"好的丸药,——都放在匾筛里,用头顶着,爬上梯子,到屋顶的晒台上放好;傍晚时再收下来。这是他一天最快乐的时候。他可以登高四望。看得见许多店铺和人家的房顶,都是黑黑的。看得见远处的绿树、绿树后面缓缓移动的帆。看得见鸽子,看得见飘动摇摆的风筝。到了七月,傍晚,还可以看巧云。七月的云多变幻,当地叫作"巧云"。那是真好看呀:灰的、白的、黄的、橘红的,镶着金边,一会儿一个样,像狮子的、像老虎的、像马的、像狗的。此时的陈相公,真是古人所说的"心旷神怡"。其余的时候,就很刻板枯燥了。碾药。两脚踏着木板,在一个船形的铁碾槽子里碾。倘若碾的是胡椒,就要不停地打喷嚏。裁纸。用一个大弯刀,把一沓一沓的白粉连纸裁成大小不等的方块,包药用。刷印包装纸。他每天还有两项例行的公事。上午,要搓很多抽水烟用的纸枚子。把装铜钱的钱板

---

① 这地方店铺的门一般都是一块一块狭长的门板,上在门槛的槽里,称为"铺闼子"。

翻过来,用"表心纸"一根一根地搓。保全堂没有人抽水烟,但不知什么道理每天都要搓许多纸枚子,谁来都可取几根,这已经成了一种"传统"。下午,擦灯罩。药店里里外外,要用十来盏煤油灯。所有灯罩,每天都要擦一遍。晚上,摊膏药。从上灯起,直到王二过店堂里来闲坐,他一直都在摊膏药。到十点多钟,把先生们的尿壶都放到他们的床下,该吹灭的灯都吹灭了,上了门,他就可以准备睡觉了。先生们都睡在后面的厢屋里,陈相公睡在店堂里。把铺板一放,铺盖摊开,这就是他一个人的天地了。临睡前他总要背两篇《汤头歌诀》,——药店的先生总要懂一点医道。小户人家有病不求医,到药店来说明病状,先生们随口就要说出"吃一剂小柴胡汤吧""服三服藿香正气丸""上一点七厘散"。有时,坐在被窝儿里想一会儿家,想想他的多年守寡的母亲,想想他家房门背后的一张贴了多年的麒麟送子的年画。想不一会儿,困了,把脑袋放倒,立刻就响起了很大的鼾声。

陈相公已经学了一年多生意了。他已经给赵公元帅和神农爷烧了三十次香。初一、十五,都要给这二位烧香,这照例是陈相公的事。赵公元帅手执金鞭,身骑黑虎,两旁有一副八寸长的黑地金字的小对联:"手执金鞭驱宝至,身骑黑虎送财来。"神农爷虬髯披发,赤身露体,腰里围着一圈很大的树叶,手指甲、脚指甲都很长,一只手捏着一棵灵芝草,坐在一块石头上。陈相公对这二位看得很熟,烧香的时候很虔敬。

陈相公老是挨打。学生意没有不挨打的,陈相公挨打的次数也似稍多了一点。挨打的原因大都是因为做错了事:纸裁歪了,灯罩擦破了。这孩子也好像不大聪明,记性不好,做事迟钝。打他的多是卢先生。卢先生不是暴脾气,打他是为他好,要他成人。有一次可挨了大打。他收药,下梯一脚踩空了,把一匾泽泻翻到了阴沟里。这回打他的是许先生。他用一根闩门的木棍没头没脸地把他痛打了一顿,打得这孩子哇哇地乱叫:"哎呀!哎呀!我下回不了!下回不了!哎呀!哎呀!我错了!哎呀!哎呀!"谁也不能去劝,因为知道许先生的脾气,越劝越打得凶,何况他这回的错是不小。(泽泻不是贵药,但切起来很费工,要切成厚薄一样,状如铜钱的圆片。)后来还是煮饭的老朱来劝住了。这老朱来得比谁都早,人又出名地忠诚耿直。他从来没有正经吃过一顿饭,都是把大家吃剩的残汤剩水泡一点锅巴吃。因此,一店人都对他很敬畏。他一把夺过许先生手里的门闩,说了一句话:"他也是人生父母养的!"

陈相公挨了打,当时没敢哭。到了晚上,上了门,一个人呜呜地哭了半天。他向他远在故乡的母亲说:"妈妈,我又挨打了!妈妈,不要紧的,再挨两年打,我就能养活你老人家了!"

王二每天到保全堂店堂里来,是因为这里热闹。别的店铺到九点多钟,就没有什么人,往往只有一个管事在算账,一个学徒在打盹儿。保全堂正是高朋满座的时候。这些先生都是无家可归的光棍儿,这时都聚集到店堂里来。还有几个常客,收房钱的抡元,卖活鱼的巴颜喀拉山,给人家熬鸦片烟的老炳,还有一个张汉。这张汉是对门万顺酱园连家的一个亲戚兼食客,全名是张汉轩,大家却都叫他张汉。大概是觉得已经沦为食客,就不必"轩"了。此人有七十岁了,长得活脱儿像一个伏尔泰,一张尖脸,一个尖尖的鼻子。他年轻时在外地做过幕,走过很多地方,见多识广,什么都知道,是个百事通。比如说抽烟,他就告诉你烟有五种:水、旱、鼻、雅、潮。"雅"是鸦片。"潮"是潮烟,这地方谁也没见过。说喝酒,他就能说出山东黄、状元红、莲花白……说喝茶,他就告诉你狮峰龙井、苏州的碧螺春、云南的"烤茶"是在怎样一个罐里烤的,福建的功夫茶的茶杯比酒盅还小,就是吃了一只炖肘子,也只能喝三杯,这茶太酽了。他熟读《子不语》《夜雨秋灯录》,能讲许多鬼狐故事。他还知道云南怎样放蛊,湘西怎样赶尸。他还亲眼见到过旱魃、僵尸、狐狸精,有时间,有地点,有鼻子有眼。三教九流,医卜星相,他全知道。他读过《麻衣神相》《柳庄神相》,会算"奇门遁甲""六壬课""灵棋经"。他总要到快九点钟时才出现(白天不知道他干什么），他一来，大家精神为之一振，这一晚上就全听他一个人白话。他很会讲，起承转合，抑扬顿挫，有声有色。他也像说书先生一样，说到筋节处就停住了，慢慢地抽烟，急得大家一劲儿地催他："后来呢？后来呢？"这也是陈相公一天比较快乐的时候。他一边摊着膏药，一边听着。有时，听得太入神了，摊膏药的扦子停留在油纸上，会废掉一张膏药。他一发现，赶紧偷偷塞进口袋里。这时也不会被发现，不会挨打。

有一天，张汉谈起人生有命。说朱洪武、沈万山、范丹是同年同月同日同时，都是丑时建生，鸡鸣头遍。但是一声鸡叫，可就命分三等了：抬头朱洪武，低头沈万山，勾一勾就是穷范丹。朱洪武贵为天子，沈万山富甲天下，穷范丹冻饿而死。他又说凡是成大事业，有大作为，兴旺发达的，都有异相，或有特殊的禀赋。汉高祖刘邦，股有七十二黑子——就是屁股上有七十二颗黑痣，谁有过？明太祖朱元璋，生就是五岳朝天，——两额、两颧、下巴，都突出，状如五岳，谁有过？樊哙能把一个整猪腿生吃下去，燕人张翼德，睡着了也睁着眼睛。就是市井之人，凡有走了一步好运的，也莫不有与众不同之处。必有非常之人，乃成非常之事。大家听了，不禁暗暗点头。

张汉猛吸了几口旱烟，忽然话锋一转，向王二道："即以王二而论，他这些年飞黄腾达，财源茂盛，也必有其异秉。"

"……"

王二不解何为"异秉"。

"就是与众不同,和别人不一样的地方。你说说,你说说!"

大家也都怂恿王二:"说说!说说!"

王二虽然发了一点财,却随时不忘自己的身份,从不僭越自大,在大家敦促之下,只有很诚恳地欠一欠身说:"我呀,有那么一点:大小解分清。"他怕大家不懂,又解释道:"我解手时,总是先解小手,后解大手。"

张汉一听,拍了一下手,说:"就是说,不是屎尿一起来,难得!"

说着,已经过了十点半了,大家起身道别。该上门了。卢先生向柜台里一看,陈相公不见了,就大声喊:"陈相公!"

喊了几声,没人应声。

原来陈相公在厕所里。这是陶先生发现的。他一头走进厕所,发现陈相公已经蹲在那里。本来,这时候都不是他们俩解大手的时候。

一九四八年旧稿

一九八〇年五月二十日重写

载一九八一年第一期《雨花》

岁寒三友

这三个人是：王瘦吾、陶虎臣、靳彝甫。王瘦吾原先开绒线店，陶虎臣开炮仗店，靳彝甫是个画画的。他们是从小一块儿长大的。这是三个说上不上、说下不下的人。既不是缙绅先生，也不是引车卖浆者流。他们的日子时好时坏。好的时候桌上有两个菜，一荤一素，还能烫二两酒；坏的时候，喝粥，甚至断炊。三个人的名声倒都是好的。他们都没有做过伤天害理的事，对人从不尖酸刻薄，对地方的公益，从不袖手旁观。某处的桥坍了，要修一修；哪里发现一名"路倒"，要掩埋起来；闹时疫的时候，在码头路口设一口瓷缸，内装药茶，施给来往行人；一场大火之后，请道士打醮禳灾……遇有这一类的事，需要捐款，首事者把捐簿伸到他们的面前时，他们都会提笔写下一个谁看了也会点头的数目。因此，他们走在街上，一街的熟人都跟他们很客气地点头打招呼。

"早!"

"早!"

"吃过了?"

"偏过了,偏过了!"

王瘦吾真瘦,瘦得两个肩胛骨从长衫的外面都看得清清楚楚。他年轻时很风雅过几天。他小时开蒙的塾师是邑中名士谈甓渔,谈先生教会了他作诗。那时,绒线店由父亲经营着,生意不错,这样他就有机会追随一些阔的和不太阔的名士,春秋佳日,文酒雅集。遇有什么张母吴太夫人八十寿辰征诗,也会送去两首七律。瘦吾就是那时落下的一个别号。自从父亲一死,他挑起全家的生活,就不再作一句诗,和那些诗人也再无来往。

他家的绒线店是一个不大的连家店。店面的招牌上虽写着"京广洋货,零趸批发",所卖的却只是丝线、绦子、头号针、二号针、女人钳眉毛的镊子、刨花①、抿子(涂刨花水用的小刷子)、品青、煮蓝、僧帽牌洋蜡烛、太阳牌肥皂、美孚灯罩……种类很多,但都值不了几个钱。每天晚上结账时都是一堆铜板和一角两角的零碎的小票,难得看见一块洋钱。

---

① 桐木刨出来的薄薄的长条。泡在水里,稍带黏性。过去女人梳头掠发,离不开它。

这样一个小店，维持一家生活，是困难的。王瘦吾家的人口日渐增多了。他上有老母，自己又有了三个孩子。小的还在娘怀里抱着。两个大的，一儿一女，已经都在上小学了。不用说穿衣，就是穿鞋也是个愁人的事。

儿子最恨下雨。小学的同学几乎全部在下雨天都穿了胶鞋来上学，只有他穿了还是他父亲穿过的钉鞋①。钉鞋很笨，很重，走起来还嘎啦嘎啦地响。他一进学校的大门，同学们就都朝他看，看他那双鞋。他闹了好多回。每回下雨，他就说："我不去上学了！"妈都给他说好话："明年，明年就买胶鞋。一定！"——"明年！您都说了几年了！"最后还是嘟着嘴，挟了一把补过的旧伞，走了。王瘦吾听见街石上儿子的钉鞋愤怒的声音，半天都没有说话。

女儿要参加全县小学秋季运动会，表演团体操，要穿规定的服装：白上衣、黑短裙。这都还好办。难的是鞋，——要一律穿白球鞋。女儿跟妈要。妈说："一双球鞋，要好几块钱。咱们不去参加了。就说生病了，叫你爸写个请假条。"女儿不像她哥

---

① 现在的年轻人连钉鞋也不知道了！钉鞋是一种纳帮很结实的布鞋，也有用生牛皮做的，在桐油里浸过，鞋底钉了很多奶头大的铁钉。在未有胶鞋之前，这便是雨鞋。

发脾气、闹,她只是一声不响,眼泪不停地往下滴。到底还是去了。这位能干的妈跟邻居家借来一双球鞋,比着样子,用一块白帆布连夜赶做了一双。除了底子是布的,别处跟买来的完全一样。天亮的时候,做妈的轻轻地叫:"妞子,起来!"女儿一睁眼,看见床前摆着一双白鞋,趴在妈胸前哭了。王瘦吾看见妻子疲乏而凄然的笑容,他的心酸。

因此,王瘦吾老想发财。

这财,是怎么个发法呢?靠这个小绒线店,是不可能有什么出息的。他得另外想办法。这城里的街,好像是傍晚时的码头,各种船只,都靠满了。各行各业,都有个固定的地盘,想往里面再插一只手,很难。他得把眼睛看到这个县城以外、这些行业以外。他做过许多不同性质的生意。他做过虾子生意、醉蟹生意,腌制过双黄鸭蛋。张家庄出一种木瓜酒,他运销过。本地出一种药材,叫作豨莶,他收过,用木船装到上海(他自己就坐在一船高高的药草上),卖给药材行。三叉河出一种水仙鱼,他曾想过做罐头……他做的生意都有点别出心裁,甚至是想入非非。他隔个把月就要出一次门,四乡八镇,到处跑。像一只饥饿的鸟,到处飞,想给儿女们找一口食。回来时总带着满身的草屑灰尘;人,越来越瘦。

后来他想起开工厂。他的这个工厂是个绳厂,做草绳和钱串子。蓑衣草两股，绞成细绳，过去是穿制钱用的，所以叫作钱串子。现在不使制钱了，店铺里却离不开它。茶食店用来包扎点心，席子店捆席子，卖鱼的穿鱼鳃。绞这种细绳，本来是湖西农民冬闲时的副业，一大捆一大捆挑进城来兜售。因为没有准人、准时、准数，有时需用，却遇不着。有了这么个厂，对于用户方便多了。王瘦吾这个厂站住了。他就不再四处奔跑。

这家工厂，连王瘦吾在内，一共四个人。一个伙计搬运，两个做活儿。有两架"机器"，倒是铁的，只是都要用手摇。这两架机器，摇起来嘎嘎地响，给这条街增添了一种新的声音，和捶铜器、打烧饼、算命瞎子的铜铛的声音混和在一起。不久，人们就习惯了，仿佛这声音本来就有。

初二、十六①的傍晚，常常看到王瘦吾拎了半斤肉或一条鱼从街上走回家。

每到天气晴朗，上午十来点钟，在这条街上，就可以听到从阴城方向传来爆裂的巨响："砰——磅！"

大家就知道，这是陶虎臣在试炮仗了。孩子们就提着裤子向阴城飞跑。

阴城是一片古战场。相传韩信在这里打过仗。现在还能挖到

---

① 这是店铺里打牙祭的日子。

一种有耳的尖底陶瓶,当地叫作"韩瓶",据说是韩信的部队所用的行军水壶。说是这种陶瓶冬天插了梅花,能结出梅子来。现在这里是乱葬岗,不知道从什么时候起叫作"阴城"。到处是坟头、野树、荒草、芦荻。草里有蛤蟆、野兔子、大极了的蚂蚱、油葫芦、蟋蟀。早晨和黄昏,有许多白颈老鸦。人走过,就哑哑地叫着飞起来。不一会儿,又都纷纷地落下了。

这里没有住户人家。只有一个破财神庙,里面住着一个侉子。这侉子不知是什么来历。他杀狗,吃肉,——阴城里野狗多的是,还喝酒。

这地方很少有人来。只有孩子们结伴来放风筝,掏蟋蟀。再就是陶虎臣来试炮仗。

试的是"天地响"。这地方把双响的大炮仗叫"天地响",因为地下响一声,飞到半空中,又响一声,炸得粉碎,纸屑飘飘地落下来。陶家的"天地响"一听就听得出来,特别响。两响之间的距离也大——蹿得高。

"砰——磅!"

"砰——磅!"

他走一二十步,放一个,身后跟着一大群孩子。孩子里有胆大的,要求放一个,陶虎臣就给他一个:"点着了快跑!——崩疼了可别哭!"

其实是崩不着的。陶虎臣每次试炮仗，特意把其中的几个的捻子加长，就是专为这些孩子预备的。捻子着了，嗤嗤地冒火，半天，才听见响呢。

陶家炮仗店的门口也是经常围着一堆孩子，看炮仗师傅做炮仗。两张白木的床子，有两块很光滑的木板。把一张粗草纸裹在一个钢钎上，两块木板一搓，"吱溜——"，就是一个炮仗筒子。

孩子们看师傅做炮仗，陶虎臣就伏在柜台上很有兴趣地看这些孩子。有时问他们几句话：

"你爸爸在家吗？干吗呢？"

"你的痄腮好了吗？"

孩子们都知道陶老板人很和气，很喜欢孩子，见面都很愿意叫他：

"陶大爷！"

"陶伯伯！"

"哎，哎。"

陶家炮仗店的生意本来是不错的。

他家的货色齐全。除了一般的鞭炮，还出一种别家不做的鞭，叫作"遍地桃花"。不但外皮，连里面的筒子都一色是梅红纸卷的。放了之后，地下一片红，真像是一地的桃花瓣子。如果是过年，下过雪，花瓣落在雪地上，红是红，白是白，好看极了。

这种鞭,成本很贵,除非有人定做,平常是不预备的。

一般的鞭炮,陶虎臣自己是不动手的。他会做花炮。一筒大花炮,能放好几分钟。他还会做一种很特别的花,叫作"酒梅"。一棵弯曲横斜的枯树,埋在一个瓷盆里,上面串结了许多各色的小花炮,点着之后,满树喷花。火花射尽,树枝上还留下一朵一朵梅花,蓝荧荧的,静悄悄地开着,经久不息。这是棉花浸了高粱酒做的。

他还有一项绝技,是做焰火。一种老式的焰火,有的地方叫作花盒子。

酒梅、焰火,他都不在店里做,在家里做。因为这有许多秘方,不能外传。

做焰火,除了配料,关键是串捻子。串得不对,会轰隆一声,烧成一团火。弄不好,还会出事。陶虎臣的一只左眼坏了,就是因为有一次放焰火,出了故障,不着了,他搭了梯子爬到架上去看,不想焰火忽然又响了,一个火球迸进了瞳孔。

陶虎臣坏了一只眼睛,还看不出太大的破相,不像一般有残疾的人往往显得很凶狠。他依然随时是和颜悦色的,带着宽厚而慈祥的笑容。这种笑容,只有与世无争、生活上容易满足的人才会有。

但是他的这种心满意足的神情逐年在消退。鞭炮生意，是随着年成走的。什么时候风调雨顺，国泰民安，什么时候炮仗店就生意兴隆。这样的年头，能够老是有吗？

"遍地桃花"近年很少人家来定货了。地方上多年未放焰火，有的孩子已经忘记放焰火是什么样子了。

陶虎臣长得很敦实，跟他的名字很相称。

靳彝甫和陶虎臣住在一条巷子里，相隔只有七八家。谁家的火灭了，孩子拿了一块劈柴，就能从另一家引了火来。他家很好认，门口钉着一块铁皮的牌子，红底黑字："靳彝甫画寓。"

这城里画画的，有三种人。

一种是画家。这种人大都有田有地，不愁衣食，作画只是自己消遣，或作为应酬的工具。他们的画是不卖钱的。求画的人只是送几件很高雅的礼物。或一坛绍兴花雕，或火腿、鲫鱼、白沙枇杷，或一套讲究的宜兴紫砂茶具，或两大盆正在茁箭子的建兰。他们的画，多半是大写意，或半工半写。工笔画他们是不耐烦画的，也不会。

一种是画匠。他们所画的，是神像。画得最多的是"家神菩萨"。这"家神菩萨"是一个大家族：头一层是南海观音的一伙，第二层是玉皇大帝和他的朝臣，第三层是关帝老爷和周仓、关平，最下一层是财神爷。他们也在玻璃的反面用油漆画福禄寿三星（这种画美术史家称之为"玻璃油画"），作插屏。他们是在制造一种商品，不是作画。而且是流水作业，描花纹的是一个人（照着底子描），"开脸"的是一个人，着色的是另一个人。他们的作坊，叫作"画匠店"。一个画匠店里常有七八个人同时做活儿，却听不到一点声音，因为画匠多半是哑巴。

靳彝甫两者都不是。也可以说是介乎两者之间的那么一种人。比较贴切些，应该称之为"画师"，不过本地无此说法，只是说"画画的"。他是靠卖画吃饭的，但不像画匠店那样在门口设摊或批发给卖门神"欢乐"的纸店[①]，他是等人登门求画的（所以挂"画寓"的招牌）。他的画按尺论价，大青大绿另加，可以点题。来求画的，多半是茶馆酒肆、茶叶店、参行、钱庄的老板或管事。也有那些闲钱不多，送不起重礼，攀不上高门第的画家，又不甘于家里只有四堵素壁的中等人家。他们往往喜欢看着他画，靳彝甫也就欣然对客挥毫。主客双方，都很满意。他的画署名（画匠的作品是从不署名的），但都不题上款，因为不好称呼，深了不是，浅了不是，题了，人家也未必高兴，所以只是简单地写四个字："靳彝甫铭"。若是佛像，则题"靳铭沐手敬绘"。

---

① 在梅红纸上用刻刀镂刻出透空的细致的吉祥花纹，贴在门头上，小的叫"吊钱"，大的叫"欢乐"。有的地方叫"吊挂"。

靳家三代都是画画的。家里积存的画稿很多。因为要投合不同的兴趣，山水、人物、翎毛、花卉，什么都画。工笔、写意、浅绛、重彩不拘。

他家家传会写真，都能画行乐图（生活像）和喜神图（遗像）。中国的画像是有诀窍的。画师家都藏有一套历代相传的"百脸图"。把人的头面五官加以分析，定出一百种类型。画时端详着对象，确定属于哪一类，然后在此基础上加减，画出来总是有几分像的。靳彝甫多年不画喜神了。因为画这种像，经常是在死人刚刚断气时，被请了去，在床前对着勾描。他不愿看死人。因此，除了至亲好友，这种活计，一概不应。有来求的，就说不会。行乐图，自从有了照相馆之后，也很少有人来要画了。

靳彝甫自己喜欢画的，是青绿山水和工笔人物。青绿山水、工笔人物，一年能收几件呢？因此，除了每年端午，他画几十张各式各样的钟馗，挂在巷口如意楼酒馆标价出售，能够有较多的收入，其余的时候，全家都是半饥半饱。

虽然是半饥半饱，他可是活得有滋有味，他的画室里挂着一块小匾，上书"四时佳兴"。画室前面有一个很小的天井。靠墙种了几竿玉屏箫竹。石条上摆着茶花、月季。一个很大的钧窑平盘里养着一块玲珑剔透的上水石，蒙了半寸厚的绿苔，长着虎耳草和铁线草。冬天，他总要养几头单瓣的水仙。不到三寸长的碧绿的叶子，开着白玉一样的繁花。春天，放风筝。他会那样耐烦地用一个称金子用的小戥子约着蜈蚣风筝两边脚上的鸡毛（鸡毛分量稍差，蜈蚣上天就会打滚）。夏天，用莲子种出荷花。不大的荷叶，直径三寸的花，下面养了一二分长的小鱼。秋天，养蟋蟀。他家藏有一本托名贾似道撰写的《秋虫谱》。养蟋蟀的泥罐还是他祖父留下来的旧物。每天晚上，他点一个灯笼，到阴城去掏蟋蟀。财神庙的那个侉子，常常一边喝酒、吃狗肉，一边看这位大胆的画师的灯笼走走、停停、忽上、忽下。

他有一盒爱若性命的东西，是三块田黄石章。这三块田黄都不大，可是跟三块鸡油一样！一块是方的，一块略长，还有一块不成形。数这块不成形的值钱，它有文三桥①刻的边款（篆文不知叫一个什么无知的人磨去了）。文三桥呀，可着全中国，你能找出几块？有一次，邻居家失火，他什么也没拿，只抢了这三块图章往外走。吃不饱的时候，只要把这三块图章拿出来看看，他就觉得对这个世界没有什么可抱怨的了。

这一年，这三个人忽然都交了好运。

王瘦吾的绳厂赚了钱。他可又觉得这个买卖货源、销路都有限，他早就想好了另外一宗生意。这个县北乡高田多种麦，出极

---

① 文徵明的长子，名彭，字寿承，三桥是他的别号。

好的麦秸，当地农民多以掐草帽辫为副业。每年有外地行商来，以极便宜的价钱收去。稍经加工，就成了草帽，又以高价卖给农民。王瘦吾想：为什么不能就地制成草帽呢？这钱为什么要给外地人赚去呢？主意已定，他就把两台绞绳机盘出去，买了四架扎草帽的机子，请了一个师傅，教出三个徒弟，就在原来绳厂的旧址办起了一个草帽厂。城里的买卖人都说："王瘦吾这步棋看得准，必赚无疑！"草帽厂开张的那天，来道喜和看热闹的人很多。一盘草帽辫，在师傅手里，通过机针一扎，哒哒地响，一会儿工夫，哎，草帽盔出来了！——又一会儿，草帽边！——成了！一顶一顶草帽，顷刻之间，摞得很高。这不是草帽，这是大洋钱呀！这一天，靳彝甫送来一张"得利图"，画着一个白须的渔翁，背着鱼篓，提着两尾金鳞赤尾的大鲤鱼。凡看了这张画的，无不大笑：这渔翁的长相，活脱儿就是王瘦吾！陶虎臣特地送来一挂遍地桃花满堂红的一千头的大鞭，砰砰磅磅响了好半天！

陶虎臣从来没有做过这么大的焰火生意。这一年闹大水。运河平了漕。西北风一起，大浪头翻上来，把河堤上丈把长的青石都卷了起来。看来，非破堤不可。很多人家扎了筏子，预备了大澡盆，天天晚上不敢睡，只等堤决水下来时逃命。不料，河水从下游泻出，伏汛安然度过，保住了无数人畜。秋收在望，市面繁荣，城乡一片喜气。有好事者倡议：今年放放焰火！东西南北四城,都放!一台七套,四七二十八套。陶家独家承做了十四套——其余的,他匀给别的同行了。

四城的焰火错开了日子,——为的是人们可以轮流赶着去看。东城定在八月十六。地点:阴城。

这天天气特别好。万里无云,一天皓月。阴城的正中,立起一个四丈多高的架子。有人早早吃了晚饭,就扛了板凳来等着了。各种卖小吃的都来了。卖牛肉高粱酒的,卖回卤豆腐干的,卖五香花生米的、芝麻灌香糖的,卖豆腐脑的,卖煮荸荠的,还有卖河鲜——卖紫皮鲜菱角和新剥鸡头米的……到处是"气死风"的四角玻璃灯,到处是白蒙蒙的热气、香喷喷的茴香八角气味。人们寻亲访友,说短道长,来来往往,亲亲热热,阴城的草都被踏倒了。人们的鞋底也叫秋草的浓汁磨得滑溜溜的。

忽然,上万双眼睛一齐朝着一个方向看。人们的眼睛一会儿睁大,一会儿眯细;人们的嘴一会儿张开,一会儿又合上;一阵阵叫喊,一阵阵欢笑;一阵阵掌声。——陶虎臣点着焰火了!

这种花盆子是有一点简单的故事情节的。最热闹的是"炮打泗州城"。起先是梅、兰、竹、菊四种花,接着是万花齐放。万花齐放之后,有一个间歇,木架子下面黑黑的,有人以为这一套已经放完了。不料一声炮响,花盆子又落下一层,照眼的灯球之中有一座四方的城,眼睛好的还能看见城门上"泗州"两个字

（不知道为什么是泗州而不是别的城）。城外向里打炮，城里向外打，灯球飞舞，砰磅有声。最有趣的是"芦蜂追癞子"，这是一个喜剧性的焰火。一阵火花之后，出现一个人，——一个泥头的纸人，这人是个癞痢头，手里拿着一把破芭蕉扇。霎时间飞来了许多马蜂，这些马蜂——火花，纷纷扑向癞痢头，癞痢头四面躲闪，手里的芭蕉扇不停地挥舞起来。看到这里，满场大笑。这些辛苦得近于麻木的人，是难得这样开怀一笑的呀。最后一套是平平常常的，只是一阵火花之后，扑鲁扑鲁吊下四个大字："天下太平。"字是灯球组成的。虽然平淡，人们还是舍不得离开。火光炎炎，逐渐消隐，这时才听到人们呼喊：

"二丫头，回家咧！"

"四儿，你在哪儿哪？"

"奶奶，等等我，我鞋掉了！"

人们摸摸板凳，才知道：呀，露水下来了。

靳彝甫捉到一只蟹壳青蟋蟀。消息很快就传开了。每天有人提了几罐蟋蟀来斗。都不是对手，而且都只是一个回合就分胜负。这只蟹壳青的打法很特别。它轻易不开牙，只是不动声色，稳稳地站着。突然扑上去，一口就咬破对方的肚子（据说蟋蟀的打法各有自己的风格，这种咬肚子的打法是最厉害的）。它曬曬地叫起来，上下摆动它的触须，就像戏台上的武生耍翎子。负伤的败将，怎么下"探子"①，也再不敢回头。于是有人怂恿他到兴化去。兴化养蟋蟀之风很盛，每年秋天有一个斗蟋蟀的集会。靳彝甫被人们说得心动了。王瘦吾、陶虎臣给他凑了一笔路费和赌本，他就带了几罐蟋蟀，搭船走了。

斗蟋蟀也像摔跤、击拳一样，先要约约运动员的体重。分量相等，才能入盘开斗。如分量低于对方而自愿下场者，听便。

没想到，这只蟋蟀给他赢了四十块钱。——四十块钱相当于一个小学教员两个月的薪水！靳彝甫很高兴，在如意楼定了几个菜，约王瘦吾、陶虎臣来喝酒。

（这只身经百战的蟋蟀后来在冬至那天寿终了，靳彝甫特地打了一个小小的银棺材，送到阴城埋了。）

没喝几杯，靳彝甫的孩子拿了一张名片，说是家里来了客。靳彝甫接过名片一看："季匋民！"

"他怎么会来找我呢？"

季匋民是一县人引为骄傲的大人物。他是个名闻全国的大画家，同时又是大收藏家、大财主，家里有好田好地、宋元名迹。他在上海一个艺术专科大学当教授，平常难得回家。

---

① 探子是刺激蟋蟀的斗志用的。北方多用鼠须，南方多用四权草瓣成细须，九蒸九晒。

"你回去看看。"

"我少陪一会儿。"

季匋民和靳彝甫都是画画的,可是气色很不一样。此人面色红润,双眼有光,浓黑的长髯,声音很洪亮。衣着很随便,但质料很讲究。

"我冒进宝府,唐突得很。"

"哪里哪里。只是我这寒舍,实在太小了。"

"小,而雅,比大而无当好!"

寒暄之后,季匋民说明来意:听说彝甫有几块好田黄,特地来看看。靳彝甫捧了出来,他托在手里,一块一块,仔仔细细看了。"好,——好,——好。匋民平生所见田黄多矣,像这样润的,少。"他估了估价,说按时下行情,值二百洋。有文三桥边款的一块就值一百。他很直率地问靳彝甫肯不肯割爱。靳彝甫也很直率地回答:"不到山穷水尽,不能舍此性命。"

"好!这像个弄笔墨的人说的话!既然如此,匋民绝不夺人之所爱。不过,如果你有一天想出手,得先尽我。"

"那可以。"

"一言为定。"

"一言为定。"

买卖不成,季匋民倒也没有不高兴。他又提出想看看靳彝甫家藏的画稿。靳彝甫祖父的,父亲的。——靳彝甫本人的,他也想看看。他看得很入神,拍着画案说:"令祖,令尊,都被埋没了啊!吾乡固多才俊之士,而皆困居于蓬牖之中,声名不出于里巷,悲哉!悲哉!"

他看了靳彝甫的画,说:"彝甫兄,我有几句话……"

"您请指教。"

"你的画,家学渊源。但是,有功力,而少境界。要变!山水,暂时不要画。你见过多少真山真水?人物,不要跟在改七芗、费晓楼后面跑,倪墨耕尤为甜俗。要越过唐伯虎,直追两宋南唐。我奉赠你两个字:古,艳。比如这张杨妃出浴,披纱用洋红,就俗。用朱红,加一点紫!把颜色搞得重重的!脸上也不要这样干净,给她贴几个花子!——你是打算就这样在家乡困着呢?还是想出去闯闯呢?出去,走走,结识一些大家,见见世面!到上海,那里人才多!"

他建议靳彝甫选出百十件画,到上海去开一个展览会。他认识朵云轩,可以借他们的地方。他还可以写几封信给上海名流,请他们为靳彝甫吹嘘吹嘘。他还嘱咐靳彝甫,卖了画,有了一点钱,要做两件事:读万卷书,行万里路。最后说:"我今天很高兴。看了令祖、令尊的画稿,偷到不少的东西。——我把它化一化,就是杰作!哈哈哈哈……"

这位大画家就这样疯疯癫癫，哈哈大笑着，提了他的筇竹杖，一阵风似的走了。

靳彝甫一边卷着画，一边想，季匋民是见得多。他对自己的指点，很有道理，很令人佩服。但是，到上海，开展览会，结识名流……唉，有钱的名士的话怎么能当得真呢！他笑了。

没想到，三天之后，季匋民真的派人送来了七八封朱丝栏玉版宣的八行书。

靳彝甫的画展不算轰动，但是卖出去几十张画。那张在季匋民授意之下重画的杨妃出浴，一再有人重订。报上发了消息，一家画刊还选了他两幅画。这都是他没有想到的。王瘦吾和陶虎臣在家乡看到报，很替他高兴："彝甫出了名了！"

卖了画，靳彝甫真的按照季匋民的建议，"行万里路"去了。一去三年，很少来信。

这三年啊！

王瘦吾的草帽厂生意很好。草帽没个什么讲究，买的人只是一图个结实，二图个便宜。他家出的草帽是就地产销，省了来回运费，自然比外地来的便宜得多。牌子闯出去了，买卖就好做。全城并无第二家，那四台哒哒作响的机子，把带着钱想买草帽的客人老远地就吸过来了。

不想遇见一个王伯韬。

这王伯韬是个开陆陈行的。这地方把买卖豆麦杂粮的行叫作陆陈行。人们提起陆陈行，都暗暗摇头。做这一行的，有两大特点：其一，是资本雄厚，大都兼营别的生意，什么买卖赚钱，他们就开什么买卖，眼尖手快。其二，都是流氓——都在帮。这城里发生过几起大规模的斗殴，都是陆陈行挑起的。打架的原因，都是抢行霸市。这种人一看就看得出来。他们的衣着和一般的生意人就不一样。不论什么时候，长衫里面的小褂的袖子总翻出很长的一截。料子也是老实商人所不用的。夏天是格子纺，冬天是法兰绒。脚底下是黑丝袜，方口的黑纹皮面的硬底便鞋。王伯韬和王瘦吾是同宗，见面总是"瘦吾兄"长，"瘦吾兄"短。王瘦吾不爱搭理他，尽可能地躲着他。

谁知偏偏躲不开，而且天天要见面。王伯韬也开了一家草帽厂，就在王瘦吾的草帽厂的对门！他新开的草帽厂有八台机子、八个师傅，门面、柜台，一切都比王瘦吾的大一倍。

王伯韬真是不顾血本，把批发、零售价都压得极低。王瘦吾算算，这样的定价，简直无利可图。他不服这口气，也随着把价钱落下来。

王伯韬坐在对面柜台里，还是满脸带笑，"瘦吾兄"长，"瘦吾兄"短。

王瘦吾撑了一年，实在撑不住了。

王伯韬放出话来:"瘦吾要是愿意把四台机子让给我,他多少钱买的,我多少钱要!"

四台机子,连同库存的现货、辫子,全部倒给了王伯韬。王瘦吾气得生了一场重病。一病一年多。卖机子的钱,连同小绒线店的底本,全变成了药渣子,倒在门外的街上了。

好不容易,能起来坐一坐,出门走几步了。可是人瘦得像一张纸,一阵风吹过,就能倒下。

陶虎臣呢?

头一年,因为四乡闹土匪,连城里都出了几起抢案,县政府和当地驻军联名出了一张布告:"冬防期间,严禁燃放鞭炮。"炮仗店平时生意有限,全指着年下。这一冬防,可把陶虎臣防苦了。且熬着,等明年吧。

明年!蒋介石搞他娘的"新生活"①,根本取缔了鞭炮。城里几家炮仗店统统关了张。陶虎臣别无产业,只好做一点"黄烟子"和蚊烟混日子。"黄烟子"也像是个炮仗,只是里面装的不是火药而是雄黄,外皮也是黄的。点了捻子,不响,只是从屁股

---

① "新生活"是蒋介石搞的"新生活"运动,提倡"礼义廉耻",到处刷写着"礼义廉耻,国之四维。四维不张,国乃灭亡";限制行人靠左边走;废除作揖,改行握手;禁止燃放鞭炮……总之,大家都过新生活,不许过旧生活。

上冒出一股黄烟，能冒半天。这种东西，端午节人家买来，点着了扔在床脚柜底熏五毒；孩子们把黄烟屁股抵在板壁上写"虎"字。蚊烟是在一个皮纸的空套里装上锯末，加一点芒硝和鳝鱼骨头，盘成一盘，像一条蛇。这东西点起来味道很呛，人和蚊子都受不了。这两种东西，本来是炮仗店附带做做的，靠它赚钱吃饭，养家活口的，怎么行呢？——一年有几个端午节？蚊子也不是四季都有啊！

第三年，陶家炮仗店的铺闼子门下了一把牛鼻子铁锁，再也打不开了。陶家的锅，也揭不开了。起先是喝粥，——喝稀粥，后来连稀粥也喝不成了。陶虎臣全家，已经饿了一天半。

有那么一个缺德的人敲开了陶家的门。这人姓宋，人称宋保长，他是什么事都干得出来，什么钱也敢拿的。他来做媒了。二十块钱，陶虎臣把女儿嫁给了一个驻军的连长。这连长第二天就开拔。他倒什么也不挑，只要是一个黄花闺女。陶虎臣跳着脚大叫："不要说得那么好听！这不是嫁！这是卖！你们到大街去打锣喊叫：我陶虎臣卖女儿！你们喊去！我不害臊！陶虎臣！你是个什么东西！陶虎臣！我操你八辈祖奶奶！你就这样没有能耐呀！"女儿的妈和弟弟都哭。女儿倒不哭，反过来劝爹："爹！爹！您别这样！我愿意！——真的！爹！我真的愿意！"她朝上给爹妈磕了头，又趴在弟弟的耳边说了一句话。这一句话是：

"饿的时候，忍着，别哭。"弟弟直点头。女儿走到爹床前，说了声："爹！我走啦！您保重！"陶虎臣脸对墙躺着，连头都没有回，他的眼泪哗哗地往下淌。

两个半月过去了。陶家一直就花这二十块钱。二十块钱剩得不多了，女儿回来了。妈脱下女儿的衣服一看，什么都明白了：这连长天天打她。女儿跟妈妈偷偷地说："妈，我过上了他的脏病。"

岁暮天寒，彤云酿雪，陶虎臣无路可走，他到阴城去上吊。

他没有死成。他刚把腰带拴在一棵树上，把头伸进去，一个人拦腰把他抱住，一刀砍断了腰带。这人是住在财神庙的那个侉子。

靳彝甫回来了。他一到家，听说陶虎臣的事，连脸都没洗，拔脚就往陶家去。陶虎臣躺在一领破芦席上，拥着一条破棉絮。靳彝甫掏出五块钱来，说："虎臣，我才回来，带的钱不多，你等我一天！"

跟脚，他又奔王瘦吾家。瘦吾也是家徒四壁了。他正在对着空屋发呆。靳彝甫也掏出五块钱，说："瘦吾，你等我一天！"

第三天，靳彝甫约王瘦吾、陶虎臣到如意楼喝酒。他从内衣口袋里掏出两封洋钱，外面裹着红纸。一看就知道，一封是一百。他在两位老友面前，各放了一封。

"先用着。"

"这钱——?"

靳彝甫笑了笑。

那两个都明白了:彝甫把三块田黄给季匋民送去了。

靳彝甫端起酒杯说:"咱们今天醉一次。"

那两个同意。

"好,醉一次!"

这天是腊月三十。这样的时候,是不会有人上酒馆喝酒的。如意楼空荡荡的,就只有这三个人。

外面,正下着大雪。

一九八〇年八月二十日初稿
十一月二十日二稿
载一九八一年第三期《十月》

鉴赏家

全县第一个大画家是季匋民,第一个鉴赏家是叶三。

叶三是个卖果子的。他这个卖果子的和别的卖果子的不一样。不是开铺子的,不是摆摊的,也不是挑着担子走街串巷的。他专给大宅门送果子。也就是给二三十家送。这些人家他走得很熟,看门的和狗都认识他。到了一定的日子,他就来了。里面听到他敲门的声音,就知道:是叶三。挎着一个金丝篾篮,篮子上插一把小秤,他走进堂屋,扬声称呼主人。主人有时出来跟他见见面,有时就隔着房门说话。"给您称——?"——"五斤。"什么果子,是看也不用看的,因为到了什么节令送什么果子都是一定的。叶三卖果子从不说价。买果子的人家也总不会亏待他。有的人家当时就给钱,大多数是到节下(端午、中秋、新年)再说。叶三把果子称好,放在八仙桌上,道一声"得罪",就走了。

他的果子不用挑,个个都是好的。他的果子的好处,第一是得四时之先。市上还没有见这种果子,他的篮子里已经有了。第二是都很大,都均匀,很香,很甜,很好看。他的果子全都从他手里过过,有疤的、有虫眼的、挤筐、破皮、变色、过小的全都剔下来,贱价卖给别的果贩。他的果子都是原装,有些是直接到产地采办来的,都是"树熟",——不是在米糠里闷熟了的。他经常出外,出去买果子比他卖果子的时间要多得多。他也很喜欢到处跑。四乡八镇,哪个园子里,什么人家,有一棵什么出名的好果树,他都知道,而且和园主打了多年交道,熟得像是亲家一样了。——别的卖果子的下不了这样的功夫,也不知道这些路道。到处走,能看很多好景致,知道各地乡风,可资谈助,对身体也好。他很少得病,就是因为路走得多。

立春前后,卖青萝卜。"棒打萝卜",摔在地下就裂开了。杏子、桃子下来时卖鸡蛋大的香白杏,白得像一团雪,只嘴儿以下有一根红线的"一线红"蜜桃。再下来是樱桃,红的像珊瑚,白的像玛瑙。端午前后,枇杷。夏天卖瓜。七八月卖河鲜:鲜菱、鸡头、莲蓬、花下藕。卖马牙枣,卖葡萄。重阳近了,卖梨:河间府的鸭梨、莱阳的半斤酥,还有一种叫作"黄金坠子"的香气扑人个儿不大的甜梨。菊花开过了,卖金橘、卖蒂部起脐子的福州蜜橘。入冬以后,卖栗子、卖山药(粗如小儿臂)、卖百合(大如拳)、卖碧绿生鲜的檀香橄榄。

他还卖佛手、香橼。人家买去，配架装盘，书斋清供，闻香观赏。

不少深居简出的人，是看到叶三送来的果子，才想起现在是什么节令了的。

叶三卖了三十多年果子，他的两个儿子都成人了。他们都是学布店的，都出了师了。老二是三柜，老大已经升为二柜了。谁都认为老大将来是会升为头柜，并且会当管事的。他天生是一块好材料。他是店里头一把算盘，年终结总时总得由他坐在账房里哗哗剥剥打好几天。接待厂家的客人，研究进货（进货是个大学问，是一年的大计，下年多进哪路货，少进哪路货，哪些必须常备，哪些可以试销，关系全年的盈亏），都少不了他。老二也很能干。量布、撕布（撕布不用剪子开口，两手两个指头夹着，借一点巧劲儿，嗤的一声，布就撕到头了），干净利落。店伙的动作快慢，也是一个布店的招牌。顾客总愿意从手脚麻利的店伙手里买布。这是天分，也靠练习。有人就一辈子都是迟钝笨拙，改不过来。不管干哪一行，都是人比人，这是没有办法的事。弟兄俩都长得很神气，眉清目秀，不高不矮。布店的店伙穿得都很好。什么料子时新，他们就穿什么料子。他们的衣料当然是价廉物美的。他们买衣料是按进货价算的，不加利润；若是零头，还有折扣。这是布店的规矩，也是老板乐为之的，因为店伙穿得时髦,也是给店里装门面的事。有的顾客来买布,常常指着店伙的长衫或翻在外面的短衫的袖子:"照你这样的,给我来一件。"

弟兄俩都已经成了家,老大已经有一个孩子,——叶三抱孙子了。

这年是叶三五十岁整生日,一家子商量怎么给老爷子做寿。老大老二都提出爹不要走宅门卖果子了,他们养得起他。

叶三有点生气了:"嫌我给你们丢人?两位大布店的'先生',有一个卖果子的老爹,不好看?"

儿子连忙解释:"不是的。你老人家岁数大了,老在外面跑,风里雨里,水路旱路,做儿子的心里不安。"

"我跑惯了。我给这些人家送惯了果子。就为了季四太爷一个人,我也得卖果子。"

季四太爷即季匋民。他大排行是老四,城里人都称之为四太爷。

"你们也不用给我做什么寿。你们要是有孝心,把四太爷送我的画拿出去裱了,再给我打一口寿材。"这里有这样一种风俗,早早就把寿材准备下了,为的讨个吉利:添福添寿。于是就都依了他。

叶三还是卖果子。

他真是为了季匋民一个人卖果子的。他给别人家送果子是为了挣钱,他给季匋民送果子是为了爱他的画。

季匋民有一个脾气,一边画画,一边喝酒。喝酒不就菜,就水果。画两笔,凑着壶嘴喝一大口酒,左手拈一片水果,右手执笔接着画。画一张画要喝二斤花雕,吃斤半水果。

叶三搜罗到最好的水果,总是首先给季匋民送去。

季匋民每天一起来就走进他的小书房——画室。叶三不须通报,由一个小六角门进去,走过一条碎石铺成的冰花曲径,隔窗看见季匋民,就提着、捧着他的鲜果走进去。

"四太爷,枇杷,白沙的!"

"四太爷,东墩的西瓜,三白!——这种三白瓜有点梨花香味,别处没有!"

他给季匋民送果子,一来就是半天。他给季匋民磨墨、漂朱䃞、研石青石绿、抻纸。季匋民画的时候,他站在旁边很入神地看,专心致意,连大气都不出。有时看到精彩处,就情不自禁地深深吸一口气,甚至小声地惊呼起来。凡是叶三吸气、惊呼的地方,也正是季匋民的得意之笔。季匋民从不当众作画,他画画有时是把书房门锁起来的。对叶三可例外,他很愿意有这样一个人在旁边看着,他认为叶三真懂,叶三的赞赏是出于肺腑,不是假充内行,也不是谀媚。

季匋民最讨厌听人谈画。他很少到亲戚家应酬。实在不得不去的,他也是到一到,喝半盏茶就道别。因为席间必有一些假名士高谈阔论。因为季匋民是大画家,这些名士就特别爱在他面前评书论画,借以卖弄自己高雅博学。这种议论全都是道听途说,似通不通。季匋民听了,实在难受。他还知道,他如果随声答音,应付几句,某一名士就会在别的应酬场所重贩他的高论,且说:"兄弟此言,季匋民亦深为首肯。"

但是他对叶三另眼相看。

季匋民最佩服李复堂①。他认为扬州八怪里复堂功力最深,大幅小品都好,有笔有墨,也奔放,也严谨,也浑厚,也秀润,而且不装模作样,没有江湖气。有一天叶三给他送来四开李复堂的册页,使季匋民大吃一惊:这四开册页是真的!季匋民问他是多少钱买的,叶三说没花钱。他到三垛贩果子,看见一家的柜橱的玻璃里镶了四幅画,——他在四太爷这里看过不少李复堂的画,能辨认,他用四张"苏州片"②跟那家换了。"苏州片"花花绿绿

---

① 李复堂,名鳝,字宗扬,复堂是他的号,又号懊道人。他是康熙年间的举人,当过滕县知县,因为得罪上级,功名和官都被革掉了,终年只做画师。他作画有时得向郑板桥去借纸,大概是相当穷困的。他本画工笔,是宫廷画家蒋廷锡的高足。后到扬州,改画写意,师法高其佩,受徐青藤、八大、石涛的影响,风度大变,自成一家。
② 仿旧的画,多为工笔花鸟,设色娇艳,旧时多为苏州画工所作,行销各地,故称"苏州片"。苏州片也有仿制得很好的,并不俗气。

的,又是簇新的,那家还很高兴。

叶三只是从心里喜欢画,他从不瞎评论。季匋民画完了画,钉在壁上,自己负手远看,有时会问叶三:"好不好?"

"好!"

"好在哪里?"

叶三大都能一句话说出好在何处。

季匋民画了一幅紫藤,问叶三。

叶三说:"紫藤里有风。"

"唔!你怎么知道?"

"花是乱的。"

"对极了!"

季匋民提笔题了两句词:

深院悄无人,风拂紫藤花乱。

季匋民画了一张小品:老鼠上灯台。叶三说:"这是一只小老鼠。"

"何以见得?"

"老鼠把尾巴卷在灯台柱上。它很顽皮。"

"对!"

季匋民最爱画荷花。他画的都是墨荷。他佩服李复堂,但是画风和复堂不似。李画多凝重,季匋民飘逸。李画多用中锋,季匋民微用侧笔,——他写字写的是章草。李复堂有时水墨淋漓,粗头乱服,意在笔先;季匋民没有那样的恣悍,他的画是大写意,但总是笔意俱到,收拾得很干净,而且笔致疏朗,善于利用空白。他的墨荷参用了张大千,但更为舒展。他画的荷叶不勾筋,荷梗不点刺,且喜作长幅,荷梗甚长,一笔到底。

有一天,叶三送了一大把莲蓬来,季匋民一高兴,画了一幅墨荷,好些莲蓬。画完了,问叶三:"如何?"

叶三说:"四太爷,你这画不对。"

"不对?"

"'红花莲子白花藕'。你画的是白荷花,莲蓬却这样大,莲子饱,墨色也深,这是红荷花的莲子。"

"是吗?我头一回听见!"

季匋民于是展开一张八尺生宣,画了一张红莲花,题了一首诗:

红花莲子白花藕,

果贩叶三是我师。

惭愧画家少见识,

为君破例著胭脂。

季匋民送了叶三很多画。——有时季匋民画了一张画,不满意,团掉了。叶三捡起来,过些日子送给季匋民看看,季匋民觉得也还不错,就略改改,加了题,又送给了叶三。季匋民送给叶三的画都是题了上款的。叶三也有个学名。他五行缺水,起名润生。季匋民给他起了个字,叫泽之。送给叶三的画上,常题"泽之三兄雅正"。有时径题"画与叶三"。季匋民还向他解释:以排行称呼,是古人风气,不是看不起他。

有时季匋民给叶三画了画,说:"这张不题上款吧,你可以拿去卖钱,——有上款不好卖。"

叶三说:"题不题上款都行。不过您的画我不卖!"

"不卖?"

"一张也不卖!"

他把季匋民送他的画都放在他的棺材里。

十多年过去了。

季匋民死了。叶三已经不卖果子,但是他四季八节,还四处寻觅鲜果,到季匋民坟上供一供。

季匋民死后,他的画价大增。日本有人专门收藏他的画。大家知道叶三手里有很多季匋民的画,都是精品。很多人想买叶三的藏画。叶三说:"不卖。"

有一天有一个外地人来拜望叶三,叶三看了他的名片,这人的姓很奇怪。姓"辻",叫"辻听涛"。一问,是日本人。辻听涛说他是专程来看他收藏的季匋民的画的。

因为是远道来的,叶三只得把画拿出来。辻听涛非常虔诚,要了清水洗了手,焚了一炷香,还先对画轴拜了三拜,然后才展开。他一边看,一边不停地赞叹:"喔!喔!真好!真是神品!"

辻听涛要买这些画,要多少钱都行。

叶三说:"不卖。"

辻听涛只好怅然而去。

叶三死了。他的儿子遵照父亲的遗嘱,把季匋民的画和父亲一起装在棺材里,埋了。

一九八二年二月二十八日

载一九八二年第五期《北京文学》

职业

文林街一年四季,从早到晚,有各种吆喝叫卖的声音。街上的居民铺户、大人小孩、大学生、中学生、小学生、小教堂的牧师,和这些叫卖的人自己,都听得很熟了。

"有旧衣烂衫找来卖!"

我一辈子也没有听见过这么脆的嗓子,就像一个牙口极好的人咬着一个脆萝卜似的。这是一个中年的女人,专收旧衣烂衫。她这一声真能喝得千门万户开,声音很高,拉得很长,一口气。她把"有"字切成了"一——尤",破空而来,传得很远(她的声音能传半条街)。"旧衣烂衫"稍稍延长,"卖"字有余不尽:

"一——尤旧衣烂衫……找来卖……"

"有人买贵州遵义板桥的化风丹……?"

我从此人的吆喝中知道了一个一般地理书上所不载的地名——板桥,而且永远也忘不了,因为我每天要听好几次。板桥大概是一个镇吧,想来还不小。不过它之出名可能就因为出一种叫化风丹的东西。化风丹大概是一种药吧?这药是治什么病的?我无端地觉得这大概是治小儿惊风的。昆明这地方一年能销多少化风丹?我好像只看见这人走来走去,吆喝着,没有见有人买过她的化风丹。当然会有人买的,否则她吆喝干什么。这位贵州老乡,你想必是板桥的人了,你为什么总在昆明待着呢?你有时也回老家看看吗?

黄昏以后,直至深夜,就有一个极其低沉苍老的声音,很悲凉地喊着:"壁虱药!蛇蚤药!"

壁虱即臭虫。昆明的跳蚤也是真多。他这时候出来吆卖是有道理的。白天大家都忙着,不到快挨咬,或已经挨咬的时候,想不起买壁虱药、蛇蚤药。

有时有苗族的少女卖杨梅、卖玉麦粑粑。

"卖杨梅——!

"玉麦粑粑——!"

她们都是苗家打扮,戴一个绣花小帽子,头发梳得光光的,衣服干干净净的,都长得很秀气。她们卖的杨梅很大,颜色红得发黑,叫作"火炭梅",放在竹篮里,下面衬着新鲜的绿叶。玉麦粑粑是嫩玉米磨制成的粑粑(昆明人叫玉米为包谷,苗人叫玉麦),下一点盐,蒸熟(蒸出后粑粑上还明显地保留着拍制时的手指印痕），包在玉米的嫩皮里，味道清香清香的。这些苗族女孩子把山里的夏天和初秋带到了昆明的街头了。

....

在这些耳熟的叫卖声中，还有一种，是：

"椒盐饼子西洋糕！"

椒盐饼子，名副其实：发面饼，里面和了一点椒盐，一边稍厚，一边稍薄，形状像一把老式的木梳，是在铛上烙出来的，有一点油性，颜色黄黄的。西洋糕即发糕，米面蒸成，状如莲蓬，大小亦如之，有一点淡淡的甜味。放的是糖精，不是糖。这东西和"西洋"可以说是毫无瓜葛，不知道何以命名曰"西洋糕"。这两种食品都不怎么诱人。淡而无味，虚泡不实。买椒盐饼子的多半是老头儿，他们穿着土布衣裳，喝着大叶清茶，抽金堂叶子烟，泛览周王传，流观山海图，一边嚼着这种古式的点心，自得其乐。西洋糕则多是老太太叫住，买给她的小孙子吃。这玩意儿好消化，不伤人，下肚没多少东西。当然也有其他的人买了充饥，比如拉车的、赶马的马锅头①、在茶馆里打扬琴说书的瞎子……

卖椒盐饼子西洋糕的是一个孩子。他斜挎着一个腰圆形的扁

---

① 马锅头是马帮的赶马人。不知道为什么叫马锅头。

浅木盆，饼子和糕分别放在木盆两侧，上面盖一层白布，白布上放一饼一糕作为幌子，从早到晚，穿街过巷，吆喝着：

"椒盐饼子西洋糕！"

这孩子也就是十一二岁，如果上学，该是小学五六年级。但是他没有上过学。

我从侧面约略知道这孩子的身世。非常简单。他是个孤儿，父亲死得早。母亲给人家洗衣服。他还有个外婆，在大西门外摆一个茶摊卖茶，卖葵花子，他外婆还会给人刮痧、放血、拔罐子，这也能得一点钱。他长大了，得自己挣饭吃。母亲托人求了糕点铺的杨老板，他就做了糕点铺的小伙计。晚上发面，天一亮就起来烧火，帮师傅蒸糕、打饼，白天挎着木盆去卖。

"椒盐饼子西洋糕！"

这孩子是个小大人！他非常尽职，毫不贪玩。遇有唱花灯的、耍猴的、耍木脑壳戏的，他从不挤进人群去看，只是找一个有阴凉、引人注意的地方站着，高声吆喝：

"椒盐饼子西洋糕！"

每天下午，在华山西路、逼死坡前要过龙云的马。这些马每天由马夫牵到郊外去遛，放了青，饮了水，再牵回来。他每天都是这时经过逼死坡（据说这是明永历帝被逼死的地方），他很爱看这些马。黑马、青马、枣红马。有一匹白马，真是一条龙，高腿狭面,长腰秀颈,雪白雪白。它总不好好走路。马夫拽着它的嚼子,它总是骎骎裹裹的,钉了蹄铁的马蹄踏在石板上,郭答郭答。他站在路边看不厌,但是他没有忘记吆喝:

"椒盐饼子西洋糕!"

饼子和糕卖给谁呢?卖给这些马吗?

他吆喝得很好听,有腔有调。若是谱出来,就是:

$$|^{\#}\ 5\ 5\ 6\ -\ -\ |\ 5\ 3\ \widehat{2}\ -\ -\ \|$$
椒 盐 饼 子　　西 洋 糕

放了学的孩子(他们背着书包),也觉得他吆喝得好听,爱学他。但是他们把字眼改了,变成了:

$$|^{\#}\ 5\ 5\ 6\ -\ -\ |\ 5\ 3\ \widehat{2}\ -\ -\ \|$$
捏 着 鼻 子　　吹 洋 号

昆明人读"饼"字不走鼻音,"饼子"和"鼻子"很相近。他在前面吆喝,孩子们在他身后模仿:

"捏着鼻子吹洋号!"

这又不含什么恶意,他并不发急生气,爱学就学吧。这些上学的孩子比卖糕饼的孩子要小两三岁,他们大都吃过他的椒盐饼子西洋糕。他们长大了,还会想起这个"捏着鼻子吹洋号",俨然这就是卖糕饼的小大人的名字。

这一天，上午十一点钟光景，我在一条巷子里看见他在前面走。这是一条很长的、僻静的巷子。穿过这条巷子，便是城墙，往左一拐，不远就是大西门了。我知道今天是他外婆的生日，他是上外婆家吃饭去的（外婆大概炖了肉）。他妈已经先去了。他跟杨老板请了几个小时的假，把卖剩的糕饼交回到柜上，才去。虽然只是背影，但看得出他新剃了头（这孩子长得不难看，大眼睛，样子挺聪明），换了一身干净衣裳。我第一次看到这孩子没有挎着浅盆，散着手走着，觉得很新鲜。他高高兴兴，大摇大摆地走着。忽然回过头来看看。他看到巷子里没有人（他没有看见我，我去看一个朋友，正在倚门站着），忽然大声地、清清楚楚地吆喝了一声：

"捏着鼻子吹洋号！"

这是三十多年前在昆明写过的一篇旧作，原稿已失去。前年和去年都改写过，这一次是第三次重写了。

一九八二年六月二十九日记
载一九八三年第五期《文汇月刊》

胡同文化

北京城像一块大豆腐，四方四正。城里有大街，有胡同，大街、胡同都是正南正北，正东正西。北京人的方位意识极强。过去拉洋车的，逢转弯处都高叫一声"东去！""西去！"，以防碰着行人。老两口睡觉，老太太嫌老头子挤着她了，说："你往南边去一点。"这是外地少有的。街道如是斜的，就特别标明是斜街，如烟袋斜街、杨梅竹斜街。大街、胡同，把北京切成一个又一个方块。这种方正不但影响了北京人的生活，也影响北京人的思想。

胡同原是蒙古语，据说原意是水井，未知确否。胡同的取名，有各种来源。有的是计数的，如东单三条、东四十条。有的原是皇家储存物件的地方，如皮库胡同、惜薪司胡同（存放柴炭的地方），有的是这条胡同里曾住过一个有名的人物，如无量大人胡同、石老娘（老娘是接生婆）胡同。大雅宝胡同原名大哑巴胡同，大概胡同里曾住过一个哑巴。王皮胡同是因为有一个姓王的皮匠。王广福胡同原名王寡妇胡同。有的是某种行业集中的地方。手帕胡同大概是卖手帕的。羊肉胡同当初想必是卖羊肉的。有的胡同是像其形状的。高义伯胡同原名狗尾巴胡同。小羊宜宾胡同原名羊尾巴胡同。大概是因为这两条胡同的样子有点像羊尾巴、狗尾巴。有些胡同则不知道何所取义，如大绿纱帽胡同。

胡同有的很宽阔，如东总布胡同、铁狮子胡同。这些胡同两边大都是"宅门"，到现在房屋都还挺整齐。有些胡同很小，如耳朵眼胡同。北京到底有多少胡同？北京人说，有名的胡同三千六，没名的胡同数不清。通常提起"胡同"，多指的是小胡同。

胡同是贯通大街的网络。它距离闹市很近，打个酱油、约二斤鸡蛋什么的，很方便，但又似很远。这里没有车水马龙，总是安安静静的。偶尔有剃头挑子的"唤头"（像一个大镊子，用铁棒从当中擦过，便发出嗡的一声）、磨剪子磨刀的"惊闺"（十几个铁片穿成一片，摇动作声）、算命的盲人（现在早没有了）吹的短笛的声音。这些声音不但不显得喧闹，倒显得胡同里更加安静了。

胡同和四合院是一体。胡同两边是若干四合院连接起来的。

胡同、四合院，是北京市民的居住方式，也是北京市民的文化形态。我们通常说北京的市民文化，就是指的胡同文化。胡同文化是北京文化的重要组成部分，即使不是最主要的部分。

胡同文化是一种封闭的文化，住在胡同里的居民大都安土重迁，不大愿意搬家。有在一个胡同里一住住几十年的，甚至有住了几辈子的。胡同里的房屋大都很旧了。"地根儿"房子就不太好，旧房檩、断砖墙。下雨天常是外面大下，屋里小下。一到下大雨，总可以听到房塌的声音，那是胡同里的房子，但是他们舍不得"挪窝儿"，——"破家值万贯"。

四合院是一个盒子。北京人理想的住家是"独门独院"。北京人也很讲究"处街坊"。"远亲不如近邻"。"街坊里道"的，谁家有点事，婚丧嫁娶，都"随"一点"份子"，道个喜或道个恼，不这样就不合"礼数"。但是平常日子，过往不多，除了有的街坊是棋友，"杀"一盘；有的是酒友，到"大酒缸"（过去山西人开的酒铺，都没有桌子，在酒缸上放一块规成圆形的厚板以代酒桌）喝两"个"（大酒缸二两一杯，叫作"一个"）；或是鸟友，不约而同，各晃着鸟笼，到天坛城根、玉渊潭去"会鸟"（会鸟是把鸟笼挂在一处，既可让鸟互相学叫，也互相比赛），此外，"各人自扫门前雪，休管他人瓦上霜"。

北京人易于满足，他们对生活的物质要求不高。有窝头，就知足了。大腌萝卜，就不错。小酱萝卜，那还有什么说的。臭豆腐滴几滴香油，可以待姑奶奶。虾米皮熬白菜，嘿！我认识一个在国子监当过差，伺候过陆润庠、王垿等祭酒的老人，他说："哪儿也比不了北京。北京的熬白菜也比别处好吃，——五味神在北京。"五味神是什么神？我至今考查不出来。但是北京人的大白菜文化却是可以理解的。北京人每个人一辈子吃的大白菜摞起来大概有北海白塔那么高。

北京人爱瞧热闹，但是不爱管闲事。他们总是置身事外，冷眼旁观。北京是民主运动的策源地，"民国"以来，常有学生运动，北京人管学生运动叫作"闹学生"。学生示威游行，叫作"过学生"。与他们无关。

北京胡同文化的精义是"忍"。安分守己，逆来顺受。老舍《茶馆》里的王利发说"我当了一辈子的顺民"，是大部分北京市民的心态。

我的小说《八月骄阳》里写到"文化大革命"，有这样一段对话：

"还有个章法没有？我可是当了一辈子安善良民，从来奉公守法。这会儿，全乱了。我这眼前就跟'下黄土'似的，简直地，分不清东西南北了。"

"您多余操这份儿心。粮店还卖不卖棒子面?"

"卖!"

"还是的。有棒子面就行。……"

我们楼里有个小伙子,为一点事,打了开电梯的小姑娘一个嘴巴,我们都很生气,怎么可以打一个女孩子呢!我跟两个上了岁数的老北京(他们是"搬迁户",原来是住在胡同里的)说,大家应该主持正义,让小伙子当众向小姑娘认错。这二位同声说:"叫他认错?门儿也没有!忍着吧!——'穷忍着,富耐着,睡不着眯着'!""睡不着眯着"这话实在太精彩了!睡不着,别烦躁,别起急,眯着,北京人,真有你的!

北京的胡同在衰败,没落。除了少数"宅门"还在那里挺着,大部分民居的房屋都已经很残破,有的地基基础甚至已经下沉,只有多半截还露在地面上。有些四合院门外还保存已失原形的拴马桩、上马石,记录着失去的荣华。有打不上水来的井眼、磨圆了棱角的石头棋盘,供人凭吊。西风残照,衰草离披,满目荒凉,毫无生气。

看看这些胡同的照片,不禁使人产生怀旧情绪,甚至有些伤感。但是这是无可奈何的事,在商品经济大潮的席卷之下,胡同和胡同文化总有一天会消失的。也许像西安的蛤蟆陵、南京的乌衣巷,还会保留一两个名目,使人怅望低回。

再见吧,胡同。

一九九三年三月十五日